南村的诗

南村 ——

著

中国文联出版社

图书在版编目（CIP）数据

南村的诗 ／ 南村著 . -- 北京：中国文联出版社，
2021. 12（2023. 1 重印）

ISBN 978 - 7 - 5190 - 4553 - 1

Ⅰ.①南… Ⅱ.①南… Ⅲ.①诗集—中国—当代
Ⅳ. ①I227

中国版本图书馆 CIP 数据核字（2021）第 264738 号

著　　者	南　村
责任编辑	刘　旭
责任校对	胡世勋
装帧设计	中尚图

出版发行　中国文联出版社有限公司
地　　址　北京市朝阳区农展馆南里 10 号　　　邮编　100125
电　　话　010 - 85923025（发行部）　　　85923091（总编室）
经　　销　全国新华书店等
印　　刷　三河市华东印刷有限公司

开　　本　880 毫米×1230 毫米　　　1/32
印　　张　11.5
字　　数　184 千字
版　　次　2023 年 1 月第 1 版第 2 次印刷
定　　价　75.00 元

关于诗歌（自序）

南　村

　　诗是有生命的。诗歌创作不是一个人的闲情逸致，不是花前月下，不是无病呻吟。她像是一个襁褓中的孩子，尽管在哭中迎来阳光中的世界，但始终不渝的微笑，才是她向善的本色，像是含苞待放的花朵，在阳光和雨露的照射下，才能够五颜六色，甚至奇光异彩。诗歌就是这样直达心灵，没有过多的修饰，如果能够在共鸣的心海里，点燃一支火把，或许就是对你甚至对这个世界，最好的报答。

目 录

1

雪

黄昏的时候
你洋洋洒洒地来啦
我尚懵懵懂懂地在故乡
在故乡的山峦
大声朗诵着李白与杜甫

在唐诗宋词的村庄
我生命的腹地——花溪谷
渐渐成长

那个花季少年
在诗意里，踏雪朗诵
雪，纷纷扬扬

既然纯净
怎奈的少年轻狂
经过了漫长的等待
终于成霜

犹如梅花
风也好，雨也好
深也好，浅也好
绽丽开放
独自芬芳

虽然无声
依然映白我的故乡
整个村庄

我与莫言

那日
我和莫言都在树下
风很大
花溪围绕的乡下
蔷薇花沾满篱笆
高粱和白杨树挺拔高大
蝉的声音也很大

围坐在开满鲜花的树下
看着那些来来往往的飞花
心里像一幅画

风很大
世界也很大
大的天空下只剩我俩
我俩谈论着《飞鸟集》与
聂鲁达

风很大
高粱的穗子也大
我们在风中说话
看着田螺慢慢爬
像是耕地的犁耙

星云大师
也来参加
我们的对话
双手合十
恰有壁虎过来喝茶
大师喜形于色

阿弥陀佛
由它去吧

有的人声音很大
有的人思想很大

唯有我与莫言
都是性格孤寡

我们沉默
不是原本性格孤寡
而是善于倾听更多的人说话

梅花开了

昨天夜里

历经那么多岁月

甚至　王维的诗里

甚至　陆游的词里

我们再次重逢

我们似曾相识

今天你在生我的故地

花溪的村里

在突兀的坡上

寒香逼人

又众芳独妍地独自开着

你的主人是谁

你寂寞无主地开着

是你在向我发出这

缤纷的盛宴吗

虽然

在唐宋的词里

在明清的梦里

你是八大山人

你是王安石

你是林和靖和黄庭坚

但，你也是
我如今的惆怅和眼泪

你是我故乡的一弯山月
披着月光
焚着清香

你，今晚
依然开在
生我花溪的山上

那只蜻蜓

忽忆那只蜻蜓
在故乡的山峦
飞来飞去

儿时的我
天真的我
与阳光下奔跑的蜻蜓
母亲紧跟我们身后

嬉戏的我
幼稚的我
母亲紧跟在我的身后

那时夏天
麦子熟了
母亲说过摘下来的星星
依然放在儿时的摇篮里
无论我走多远
都盛满母亲的思念

我一直思念
花溪村的故土
村头的老槐树
母亲领我走过的路

那些杏树
那些桃树
那些红红的山楂树

如今
我难舍故土
在正午的阳光里
我的全部思念
化作那只会飞的蜻蜓
在故乡花溪的山谷里
飞来飞去

无论我走多远
母亲都紧跟在我的身后

我的起点

花溪山下
那片富饶的土地
我的出生地

我的祖父
是制作中国陶瓷的工匠
我常想
他没有多少文化
他带着七个儿女
加入制作陶瓷的工坊

如今
那片村庄
成了我梦的天堂

美丽的村庄
照着太阳
向日葵曾经整日向我歌唱

我骄傲
我来自花溪村
来自中国陶瓷
的故乡
我曾经
生于斯长于斯的天堂

从今往后
我的父母
把陶土制作成碗
制作成那些生活的器皿
盛着满满的恩情
把我养大

如今
我用那些陶瓷
盛着金灿灿的笑脸
穿梭于世界各地

我用它们盛着茶
盛着养分
盛着对父母深深的
感恩与思念

无论我走到哪里
我都始终记得
我是陶瓷的后人

我的起点始终是
低到尘埃里的那一抔泥土
他来自故乡坚实的土地

那张金灿灿的名片

坐在贾平凹对面

你就坐在我的对面
喷云吐雾
房间云雾缭绕

我手捧着你的温度
是一杯渭南的红茶
我知道
我每次光临
你都还沉浸在那些小说里
沉浸在老家商洛古镇
那些栩栩如生的人物里
那些爱恨情仇
悲欢离合的人物脸谱里
那些商洛的风土人情里

如果你熟识贾平凹
你一定知道陕西商洛市丹凤县棣花镇
你也一定知道
《秦腔》
《废都》
《商州》
这些人物的世界

我试图知道
贾平凹的内心世界
你不苟言笑的世界

你密密麻麻的世界
写满了
各色小人物大人物的世界

我无法探究你的世界
你也无心知晓我的世界
你只是偶尔用浓重的陕西
方言
回答我的疑问
我好奇的内心世界

我就坐在你的对面
看着你那张写满了哲学的脸
丰富的沧桑的情感的脸

那是八百里秦川的脸
那是秦皇汉武的脸
那是盛唐高祖
大德玄奘
抑或华夏厚土的脸吗

我就坐在你的对面
我听到满屋的佛祖
在烟雾缭绕的背后
正在与我对话
是神灵的对话
是关于厚重的黄土文化
的对话
是此刻我与贾平凹的对话

莫言是我的兄长

莫言是我的兄长
他是莫言我是默语
莫言故乡红高粱
默语故乡种白杨

想当年
我俩把酒论惆怅
现如今更把他乡作故乡

更以往他曾经
抡铁锤，当炉匠，扛过枪
试把子弹当文章

忆往昔
我们聊斋一聚把歌唱
那年住在小莲庄
荷叶青青
蝴蝶忙
舟上煮酒
话英雄
桃园结义
太匆忙

自从有了《红高粱》
红红火火

灯笼挂中堂

自诩我是白杨
在故乡的山岗

在花溪缭绕的村庄
我是一棵白杨
周边围绕着高粱
各自是一个符号
从来都不张扬

虽然风起的时候
都曾经熙熙攘攘

但，大风过后
都有一片光芒

回乡的路

何时再回到乡下
回到从前
我的出生地
花溪的山村
与儿时的伙伴
在田园里
一起奔跑
放风筝

何时再回到乡下
回到从前
我的出生地
花溪的山谷
像一只自由的蝴蝶
在花丛中
飞来飞去

何时再回到乡下
回到从前
我的出生地
花溪的胡同口
是母亲不住地向我挥手

再也回不到从前
那街口的十字路口

街口的青石板路上
母亲把我扶起
那墙角斗蟋蟀的情景
仍然历历在目

再也回不到从前
从前母亲向我招手
叮嘱我前面的路
千辛万苦
仍然历历在目

再也回不到从前
你已千辛万苦
我已鬓发如霜
只有街口的老槐树
仍然历历在目

再也回不到从前

只是回乡的路
让我找得
千辛万苦

父亲

仍然记得
儿时的我
顽皮的我
困顿的我
故事中的我
紧紧依偎在父亲的脊背

懵懵懂懂的我
紧紧依偎在父亲的脊背
在月光下
走过那个农村的打麦场

时至仲夏
金黄的麦穗
收割完成的麦穗
捆扎成丰盛的晚餐
在月光下
透着呼吸
它们紧紧相拥在一起
贴着土地
依偎成我现在的模样
紧紧依偎在父亲的脊背

它们捆扎的模样
多像我的童年

童年顽皮的伙伴
在月光下追逐

在月光下追逐
数着天上的星星
树上睡觉的鸟儿
紧紧依偎在父亲的脊背

麦子熟了
我吃着麦粒长大
在花溪的家乡
我知道那些庄稼
在神的月光下
供养着家族的血脉
那是父亲的脊背

供养着家族的血脉
我的头发
我的骨骼
来自紧紧依偎的麦穗
来自黄种人的血脉
那是父亲的脊背

今晚
我紧紧依偎在父亲的肩头
看着紧紧依偎的麦穗
不住地流泪

过了多少年

过了多少年
我依然记得远方
记得远方的苹果园
春天开满紫色的风信子

我依然记得远方
开满鲜花的远方
果园里那些吃草的羊
与世无争
透着温柔
透着善良

我依然记得故乡花溪
的那些善良
春天的苦菜花
开在城市的广场
或许人生的辛酸
刻在每个已经枯萎的脸上

过了多少年
我依然记得那些比金子
珍贵的善良
或许人生的辛酸
让人品尝

花溪

或许故乡花溪
让我怦然心动

在南部山区的脚下
左是齐国
右是鲁国

花溪
我出生的时刻
七颗星星在闪烁
天已黄昏
是鹰的翅膀
在天穹闪过

花溪
在我的出生地
老人在墙根说着梦呓
孩童在母亲的襁褓中打盹儿
屋檐下的海棠在阳光下打盹儿

花溪
生我的小镇
如今那些艺人在
用颜料
画着人鬼人妖

画着聊斋

我是一个诗人
我在花溪的坡上
朗诵着屈原和聊斋

我在日夜兼程地吟诵
镇子上的农夫
是他把果园打扫干净
让我这个蹩脚的诗人
走进向日葵的果园
走进普希金的果园
走进但丁的《神曲》

让我在陈旧的粮仓里写诗
在花溪的太阳下写诗

那总是十二个仙女
和天外来音
也依然挡不住我
骑着太阳的马
巡视

巡视
那些秋天的果树
我知道
那是我写给故乡的诗歌
挂满枝头

从今天始

从今天始
我穿着粗布棉衣
走过花溪
走过祖母曾经劳作的山脊

如果有一滴血
擦亮我的眼睛
穿过更加空旷的山脊
穿过那些千疮百孔的墙壁

那是我踏着子规的足迹
回到开满杜鹃的花溪

春天来啦
不要在逝者的灵魂上
不断沉寂

你云游四野
你只需要回到花溪
回到生你的腹地
把红红的木棉
栽在那里
不需要演戏
更不需要虚情假意

等到下一个春天
开满高高的坡地

你不需要种子
穿过向阳的坡地
在蝴蝶泉畔
留有你儿时的呼吸

也不需要举着手
向我表达或反复啜泣
你在高高的坡地
不住地叹息
没有留下任何痕迹

不然

不然
你来和我聊聊天
在故乡花溪小镇
我选一块石板
请你坐下

不然
我们就在那棵桂树下
喝喝茶
中午炖些白菜
把地里的大葱洗净
拌着春芽
还有豆腐
河里的小虾

不然
我们随便说说话
你和我从小长大
樱桃刚刚孵化
杏儿还未挂架

不然
我们就去河滩
看看那些鸡鸭
春江已经水暖

孩童叽叽喳喳

不然
我们就在桥边
欣赏那些图画
花溪依旧很美
我们已经长大

过年

从唐朝到宋朝
仿佛都有年糕
从初一到十五
我们看看元宵

闹元宵
吃元宵
家家踩着高跷
吃吃喝喝
嘻嘻哈哈
都有丰盛佳肴

梅花开了
兰花开啦
那是盛世唐朝
皇上也有些不自量力
时不时华丽花哨

那时春寒料峭
那时都有些发烧
连那些宫女走路
都有些
撒娇

我不主张撒娇

古里古怪
最后江山都有些难保

红颜祸水
谁还再敢风骚?

我无言独上西楼
别是一番滋味
何处不见吹箫?

如今二十四桥
春花秋月何时了?

正值宋朝
豪放婉约的宋朝

苏东坡的宋朝
王安石欧阳修的宋朝
宝马车雕
柳永也写元宵
东风夜放花千树
好不一般热闹
火树银花
灯火阑珊
直飞上云霄
笙歌处处笑

我出生在花溪
适逢元宵
那时还年少
吃着奶奶的年糕
穿着破棉袄
沿着羊肠小道
走过好多桥
好歹挤到镇上
人来人往太喧嚣
买了一些糖果
就去回家睡觉

如今想起过年
就觉有点搞笑

陪父母多久

多想回到花溪
花溪小镇
看看父母
沿着我儿时的路
走过那些飘香的回忆
手拉着手

多想回到花溪小镇
与父母手拉着手
看看那些桃花
那些长满山头的回忆

多想回到花溪
看看父母
手拉着手
当年离开父母
如今已多久？

如今父母在屋檐下
盼我有多久？

多想回到花溪
人在屋檐下
陪父母走走
看看那些石榴花

怎么逐渐消瘦？

父母的笑脸
怎么逐渐消瘦？

多想回到花溪
牵着父母的手
一如当年父母牵着我的手

一边回味
一边泪流

村上的年味

现在
我只想
回到花溪
故乡小镇
看看那些小院
贴上的春联
门前透着春光
透着春天的气息

千门万户瞳瞳日吗

然后
我只想歇歇脚
与村里的大爷
晒晒太阳
拉拉家常

也很好
我就去小镇的集上
买些鞭炮
送送那些晚辈

爆竹声中一岁除吗

或者干脆
就坐在那些卖小吃的马扎上

喝上一碗酸糊涂
吃着小时候
钟爱的油酥肉饼
再加一碟黄瓜咸菜

然后
在故乡的集上
听听那些吆喝声
那些小时候曾经坐过的驴车
就着那些刺鼻的马粪

或者我就买一束鲜花
挂在曾经养我的院落
院落的墙上

窗前明月光呀

我或者
去村前的理发店
梳理一下来年的思绪
然后
我穿上粗布花衣

总把新桃换旧符

去鲁国的城墙上
看看即将绽放的海棠
一时开处一城香

小时候

小时候
花溪小镇的故乡
父母尚年轻
我还露着裤裆

出门是绿皮车厢
回来是 11 路汽车
然后到了小镇上
买了 5 分钱冰糕
也是喜气洋洋

喜气洋洋
家中可是穷得叮当作响
除了被子
我面对墙
倒是有些大锅
可哪有吃的余粮?

粮所就在路旁
没有粮票
你只管饿得慌
写封信让亲人赞助
小邮局的效率
又慢又长
而且尘土飞扬

父母在工厂
煎饼加粗粮
饿了有菜汤
日子牵肠挂肚
馒头不舍得品尝

没有奢侈品
儿子是他们的希望

父亲哼着小曲
来把京剧唱

每周看电影
是在露天广场
除了《地道战》
就是《沙家浜》

年底物资交流会
像是如今的淘宝上网
拎个猪头肉
冻得不成样

我家山脚下
花溪有月光
小溪水清凉
荷花开满窗

家中院子里
有个大鱼缸

山中小池塘
闲着钓鱼忙

芳华已不再
青春常感伤

如今谈起过往
都已经成为时尚
不如喝个小酒
忘掉所有愁肠

学学李白

都是花溪人
都出生在小镇
那么坐在一块
让我们畅饮开怀

让我们畅饮开怀
不必讲认真
东家拎一个萝卜
西家凑一棵白菜
如今都已经不惑
干干净净做人

干干净净做人
这是做人本分
正如这只萝卜
晶莹透心
也如这棵白菜
清清白白

清清白白
何必关上门
把灯打开
先编一个剧本
大人小孩都是小居民

不管钱多少

不要问身份

喝杯小酒

干吗这么闹心

我是花溪人

我出生在小镇

一辈子喜欢李白

那时上大学

成了干部身份

走出花溪村

到了社会上

读书中毒多

与人不合群

只知道埋头写写新闻

写写那些俗人

想想不如回到花溪种小麦

来得实在

有时喝点小酒

解解闷

天天对着陶渊明

学学李太白

想想我也是豪放婉约人

面对大海

春暖花开

读读圣贤书

如今我没事
常想起那些上山下乡
那年红红火火
苦了我爹我娘

大雪下了一场
那是 1954
花溪小镇要建厂
而且是陶瓷
父母是专长

我从此花溪住
挨着农村打麦场

童年不读书
常去打麦场
鸡鸭满处飞
旁边豆腐坊

山上有防空炮所
军人来站岗
入过小田庄
那里有团长

常去小溪旁

偷些地瓜秧

回来喂兔子

拌些玉米糠

那年我调皮

爬到烟囱上

只为掏鸟窝

父亲扇了我耳光

那是在花溪

少年成了梁山好汉孩子王

后来

我去了学堂

没当上班长

但我不泄气

开始写文章

诗有诗书

画有画圣

文有文王

写完这些文字

我都觉得累得慌

不如回到花溪

什么也不想

听听鸟叫

闻闻花香

只想睡在土炕上

一觉睡到天亮

感谢海明威

那一年
我在花溪乡下
1954 图书馆
我认识了海明威
我不太爱讲话
我不到十八
我的全部思想
或许从那里发芽？

好像海明威
生活在古巴
古巴海边渔民的家
他在那里喝啤酒
晒太阳
抽雪茄

海明威
是美国人
用现在的话
长得高大潇洒

我假装认识他
也不是
文化不分你我他
不然

怎么说
文化没有国界
思想也有奇葩？

他是我内心的英雄
我崇拜他
毕竟他
经过枪林弹雨
从越战活着回家
也多亏他胡子长脑袋大
虽然现在不是富豪
我也佩服他

我佩服他
他是哲学家
研究地理古巴
研究海水朝向
海水里的鲸鱼与虎鲨

他抽着精神大麻
不断隔空喊话
让我跟随他

那年我不满十八
思想有点傻

我也研究古巴

是《老人与海》的古巴
我的研究方向
多是古巴贫民与其他
主人公是贫民
他四海为家
能够捕捉鲸鱼与虎鲨
让我佩服他

我真的崇拜他
他胆识有多大？

我何时入伙跟着他
尽管海上风大

绕不开的花溪

今天回到花溪
品尝一下小时候的花溪
绕不开花溪
我们的独家小院
那些记忆

墙角的梅花开了
明清时代小院
泛着时代气息

青瓦粉黛
飞檐陡壁
依然在我记忆里清晰

院里的枣树
五月的石榴花
四月的丁香
依然保留在我的记忆

中堂的翘头案
祖母的两个花瓶
祖父的官帽椅
那些雕花大漆
都是谁的手艺?

时光逐渐长大
传统还在哪里？

来吧
先来碗鸡汤馄饨
我们充充饥

都是小时候的花溪
就不用再客气
老式的八仙桌
泛着时光记忆
先喝点茉莉花
再品尝野苦菊

人都已经到齐
酥锅已经热啦
豆腐箱整整齐齐
还有清汤丸子
春卷也要吃点
开春啦
沾点新的气息

我们是明清小镇
乡风淳朴
泛着春的气息

也许

也许
在春天的第一滴雨里
我来看看花溪
也许
在二月的春光里
我来看看花溪
我没有归期

我等待着
春雷的信息
垂柳的信息
戴望舒徐志摩的信息
我来到花溪

你不需要迎接我
我知道我来时的痕迹
是轻轻的叹息

少年不识愁滋味
独上高楼的叹息

是往昔
天上飞鸟来兮
花已开啦
是谁把紫色的城门打开

迎接我的归期

炊烟来兮
泰山鲁山齐山的花溪
黄河南岸的花溪
陶土与瓷器的花溪

是谁在书写我的归期
在充满艺术小镇的花溪
用太阳与刻瓷家的手
把辉煌岁月挂在墙壁

在沉甸甸的时间里
若我的一声叹息

我的诗句

搜索我的诗句
那些纯粹的麦粒
金色的黄豆
在五月的天空下
闪过村庄
呼啸而过

我没有翅膀
只是不分天黑或白昼
在人生滚烫的列车上
点燃黑夜的旅途
但愿我能给你些许的温暖

我滚烫的诗句
如黑色的眼睛
在星星闪烁的夜晚
在呼啸的列车上
在每个人的胸腔里
如一顶风箱
闪过村庄和麦田
引起你的共鸣

我很欣慰
也很满足

因为我是那么纯粹
在黑色的夜里
我已不属于我自己
我属于你黑色的眼睛

属于那些过路人
那些灯塔下
看不到光明的盲者
那些在城市地铁里
匆匆的赶路者

他们脸上的皱纹
写着我的心事
但愿
我的诗句
能把你唤醒
那些城市里
不知疲倦的沉睡者

你早已肿胀的双脚
你刻在脸上的伤疤

我甚至不属于黑夜
那个黑夜水泥楼栋里
受伤的歌者
你一整天在
西单哭诉的琴声

换来的只是一把冰冷的硬币

我今夜
在城市的中心
在呼啸而过的列车上
我的诗句
如果能给你带来几许的温暖和欢乐
那将是我的荣耀

因为我知道我也是一个
匆匆的赶路者

我属于早晨
我不属于黑夜
我的诗句
匆匆而过

我的内心

那年那月
我在黄昏的椅子上
等待着
捡拾我的内心

太阳燃烧
河流沉默不语
我独自不语
面对那片陌生的森林

我是火
是星辰
是不远处的山脉
是诗歌
抑或人的灵魂
抵达你的内心

这是我的内心
果实饱满
没有虚伪的成分

我在黄昏中降临
静听万物的声音
静听蝉的声音
犹如一枝荷花

独自开着
享受着自己的内心世界

我带着一种使命
日夜狂奔
犹如千万匹马
日夜狂奔
然后
在农夫的果园里歌吟

谁终将是我的灵魂
在饱满的果园对面
秋天的葡萄架
抑或你的眼神
正在独自歌吟

我的果实饱满
我看到那些风景
那些失落的内心

果核破裂
落叶纷纷

我是一个诗人
我活在拥挤的人群
我不是无病呻吟
我是诗歌的一部分
我服从我的内心

此刻

此刻
那些闪亮的诗句
无一难过
我哭着醒来
面对麦田，五月的收获
苍鹰和鸟儿飞过

我捆扎着一个一个的麦垛
我内心的喜悦无以言说

这些金黄的麦垛
我镰刀霍霍

你就要躺在我的镰刀下
让我宰割
而你输送我全身的营养
直达心窝

此刻
乌云遮过
曾经雨水浇过的山坡
在黄昏下闪烁
是在五月
雷鸣闪过

松鼠在树林跳跃欢悦

而我哭着醒来

在偌大的粮仓里

搜寻你来过的冬天

那些艰辛，泥泞，沼泽

我梦见潮水把我淹没

我曾经在异乡漂泊

城市的轮廓

让我倍感寂寞

我每一次挣扎与跨越

都靠近回乡的路

斑斑驳驳

我的脚步是那么的急迫

在广袤的田野

土地

让我背起这些沉甸甸的麦垛

面对收获

我不再难过

小渔村

风从耳边吹过
我站在对岸
看到层层的庄稼
拔地生长

我承载着万物的力量
大地的美景
从海上发出声响
灯塔的光芒

我呼啸从村庄走过
看到鸟的翅膀
看到忙碌的人群
买鱼的姑娘
海岸的声响
滔滔的波浪

船和渔夫的划桨
是白鸥拍打翅膀
悬崖上幽灵般的歌唱
永不停息的遐想

渔村，桃花正在泛香
渔村的石板路在泛香
渔家的厨房里盐粒和

春芽在泛香

大地如同渔网
是谁带来风的翅膀
挂在打鱼人的故乡
泛起我的遐想

我站在渔家小镇岩石上
最早迎着太阳

朝来夕往
又在篝火中送走月亮

海的心事

海在平静中躺着
诉说着我的心事
一杯咖啡和红酒
在朝向海的房间里
紫藤花缠绕的心事

袅烟升起
窗外轮廓分明
是窗外吊兰的心事
悬浮着记忆

海在平静中躺着
关于记忆
是你在摇篮里
猫蜷缩在屋角
时钟和船长的图片
粉饰着记忆

时光流逝
时光在海的心事中流逝
沉重的锚和港口已经流逝
只有苔藓疯长
慢慢爬上墙壁

告诉我们老去

剩下我的心事
就是诗歌的心事
当时光老去
在海螺的贝壳里
在平静的海洋里

躺着的
那些关于时光和大海的心事
那些珊瑚和五角星的心事
都将成为谁的心事

沙滩和海浪的对话

沙滩说
我多想成为你
成为别人的风景
在潮汐的涌动里
在浩瀚的天空下
你永远是滚动的巨轮
是黑夜里的航标
是耀眼的星星

你是别人站在桥上的风景
你不停地呼吸
在呼啸而过的风里
你永远是船
是高悬的桅杆
你是看得见的人生坐标

海浪说
我多想成为你
成为你自己的风景
不是给人看
不用给人打工
你始终高仰着笑脸

我多么羡慕你
你是孤立的岩石

你是忽明忽暗的灯火
你是看不见的忧伤
你是人生停歇的港湾

我真得珍惜你
你是沉默
你远离了喧嚣
你是小时候不住的呢喃
你是亲人的温暖

你是我回头时刹那的微笑
我始终欠你一个紧紧的拥抱

或许，你是那只船

或许，你是那只船
在我窗前
目所能及的视线
沉默多年
你被主人荒废或者
遗弃在岸边

今夜
你的忠实的灵魂
将在哪里停泊靠岸

你使我寝食难安
我知道
你的前世艰难
你可能来自荒野险滩
也可能是一株树
来自千里外的沙漠或草原
飞鸟做伴
飞鹰盘旋
你跋涉的旅程
没有人烟

如今
你被别人砍伐成一只船
你闯过无数惊涛或险滩

你身经百战
使命决然

你静静地兀自
被人遗弃在岸边
你孤独地在月光下
望洋兴叹

你一定
是纤夫手上的老茧
印满了伤痛和心酸
晨起晓风
残月收帆

经过了凄风苦雨
你的船体已经开始腐烂
遗弃在我目所能及的视线
我一直与你凝视顾盼
想寻找你内心的答案

你不曾告诉我你内心的
真实答案

你经历了人生的
风光抑或惨淡
你遗弃在月光的岸边
每每对视你饱经沧桑的容颜
都使我寝食难安

车站

一年一度
从花溪小镇出发
如从车站集合
你空洞的行囊里
装着灯下父亲的皱纹
母亲的眼泪

车站里人头攒动
你从乡村出发
二月的乡村开满梅花
你的脚上带有春雨
沾满的泥巴

人头攒动
没有人愿意与你说话
他们行色匆匆
从这里出发
又从这里分手
去往东西南北
去往人生不同的车站

人头攒动
没有更多的热情
大家变得陌生
只有冬天

只有黑色的眼睛
在不停地晃动

午夜时分
你看见
有更多沉重的行囊在晃动
那些沉甸甸的麻袋
装满他们的衣物
也装满他们的眼泪
他们来自农村
来自更多的乡愁
在更大城市的车站
颠沛流离
如爆米花般
迅速分散在一座座城市

他们的乡愁
从车站开始
从车站变得麻木

父亲的背影

那年父亲
你尚是青年
我尚是孩童
那个夏夜
你背着我
走过那道山梁
我熟睡在你的肩膀
月光下留下你长长的背影

那年父亲
你尚是中年
我尚是少年
是开满山花的春天
你背起我
走过故乡花溪的那条河
月光下
冰冷的河水湿透你的裤腿
凄凄风雨打在脸上
让我泪眼婆娑

那年父亲
你渐渐老了
秋天里
蝉生憔悴
你在故乡的槐树下

步履迟缓

你频频向我招手

而我不住地回头

是我远逝的背影

让你偷偷地泪流

王的土地

清晨

花溪的村庄下

是谁在用翅膀歌舞

东是卧虎山

西是凤凰山

龙在湖面上歌舞

在沐浴着阳光的山坡

在开满梅花的山脚

有一个牧羊人的传说

在天地人和的正午

我扛着阳光的力量

把你灼烧

山头点燃紫色的烟火

是果园的浓妆

把城市唤醒

我是那个拍打山谷的人

带着风的力量

用山花把你装扮

农夫

请你一定把山泉里的水盛满

等待我的客人

把玫瑰和美酒佳肴

一块呈现给远来的王者

然后是我
把清晨唤醒
把山谷和山涧不停地拍打
然后是我
把村庄、集市、稻谷、粮田
唤醒

我成熟啦
我是王者
我是王的土地
城池墙郭
凤舞吉祥

我在高坡上
是谁在吟哦
龙在啸
凤在鸣
歌舞长袖
万物澄黄

须臾
几百年
经纬之翻
各领风骚
黄河泰山

龙凤呈祥

风物长宜放眼量

这是王的土地

我在正午打扫风尘和阳光

我站在高坡上

我告诉全世界

这是王的土地

这是我的王国

我为什么奔忙

晚霞

既然来看晚霞
你何不回到花溪
回到从前的模样
沿着青青的荷塘
追逐蜻蜓和蝴蝶的模样
把心徜徉

既然来看晚霞
你何不装扮成儿童时的模样
沿着光滑的河滩
打起一片片涟漪
面对炊烟四起的村庄
把思绪捎给远方

既然来看晚霞
你何不放下那些沉重的思想
往事不堪回首
把叹息全部遗忘
让鹭鸟伴你飞翔

惊蛰之后是春分

柳叶绿啦
一想起故乡
村头的路
青翠斑驳
是桃红
继而杏花
纷纷飘洒

桃红柳绿
鱼儿肥啦
沿着花溪的河水
寻找来时的记忆

是谁把电话打到村头
惊恐屋檐下
鸟笼里的欢乐与淘气
让我与爷爷的游戏
再一次
在胡同口的青石板路上
跌倒又爬起

沿着故乡粉白的院落
那只占据树梢的山鹧鸪
在我耳畔一遍遍地喊
呼唤着我儿时的乳名
仿佛墙上的那棵青藤
缠绕对故乡无限的思念

悲悯那只泥鳅

似曾记得
你在故乡的山涧里
游来游去

夏天熟啦
一阵阵雷雨过后
午后桑树上的蝉儿叫着
哗哗的溪流浸着脚踝

正是田边地头
太阳炽热
荷塘里那只泥鳅
贴近泥土的身世
不曾华丽地转身
沉湎于故乡花溪的河里
游来游去

突生悲悯
以土为生
却是一身泥水
迎来朝霞
送走晚露
为了一声喘息
在陌生的世界里

始终是不改颜色的

弱者

转身过去

成是偷食者的猎物

败是潜伏者的美餐

思念

正午
时光恰好
我回到村里
回到田间地头
回到亲戚围坐的土地
生我的土地
看看一夜开满山间的杏花

阳光的正午
天气澄明
在田地里走走
亲切的土地
让我感受一下
春天的气息

最新破土的苦菊
伴着野韭菜
还有婆婆丁
在自家的果园里
泛着清香
摇醒春天的黎明

谁是果园里二月的主人
在枣树还在枯萎的枝头
你却独立山丘

用白色的纱巾
欢呼最先的黎明
在下一个春天到来之前
摇醒我的梦魇

那些金色的屋檐下
风铃的喉舌
用会说话的
白色花瓣
纷纷落下
我对春天的思念

后来

后来，我们肩并肩坐下
看着山坡上的梨花
和屋檐下慵懒的午睡的猫
诉说着我们的心事
我们坐在藤椅上
点燃一根烟
星星般的天空
时隐时现

后来，我们看着时钟
不停地摆动
如你闪烁的双眼
蓝色的双眸
你清纯的眼睑
如远处的山庄
浓妆淡抹
水墨山巅

后来，我们的心事被
大海看穿
我们只好沿着沙滩
任凭汹涌的波涛
打在双脸
山风吹着
满地的梨花

有清脆的鸟声
回荡山谷
远处是脚印
更远处是看不见的松林

距离

山很静
海很远
山和大海有距离
我们从山里走出来
走进繁华的城市
脚步和时光有距离

距离隔着时空
时空有了距离
晨曦是一段距离
黄昏是一段距离
从晨曦到黄昏
是一段距离

脚步有距离
人和人之间有距离
有人一生走得很远
有人一生走得很近
从很远到很近
都有距离

清明

杏花瘦了
转眼
梨花满地
屋前的雨一直淅淅沥沥

今晨
在斑鸠的一声黎明里
雨一直把屋角的墙皮打湿
带着泪痕
把我唤醒

这是花溪小镇的黎明
我穿戴起屋角的雨披
赤脚走过
那片山脚的默林

沿着来时的那条小路
我的泪痕
一直无声的如那些
纷纷坠落的梅花
在我回眸的刹那
只留下两行轻轻的
相思的脚印

天亮了

天亮了
雨还在下吗?
星星已经从湛蓝的空中消失

清明时分
榆树已经发芽
鸟儿把我叫醒
这是我的乡村
四周全是旷野
旷野里全是山脉
或许先人的骨骼
静静地沉睡着

天亮了
村里的河水澄凉
是谁把昨夜的煤灯吹灭?

昨夜你读过的书
你诗集里的温度
还有你走过的时光
走过的路
你的背影
都像村头的流苏
那棵高大的树
那么沉寂

那么沉寂的如
山头的那弯明月

告诉你
什么是故乡
什么是乡愁
什么是来时的路

从今往后

从今往后
爸爸
我多想成为你
成为你的拐杖
无论风中或雨中
我都想成为你的支撑
成为你重新走过的路
穿过的树林
树林里的掌声
成为你舞台上的传说
和曾经耀眼的灯光
成为我小时候
你牵着我的手
走过的那些十字路口

从今往后
爸爸
你多想成为我
成为我小时候春天里
种下的树
成为我念过的书
我们全家依着山坡
走过的那些盘山路
看过的那些花
那些蜜蜂和蝴蝶

依然都还好吗？
那些开满山头的报春花
和紫藤又在微笑了吗？

风里来
雨里去
时光挥之不去
唯有门前那辆破旧的自行车
诉说着我的时光记忆

山寨

从寨子走来
看着山上的月亮
在开满樱桃树的山上
树都睡啦

从沉睡中醒来
是什么梦呓
在暗影的屋顶下
是谁挨着星星
在旷野歌唱？

是星星点亮了我的眼睛
带着诗人的火把
把山野照亮

村庄很美
是山上的寨子
泛着银光
他们在天上私语

花朵覆盖着村庄
留着花香
那些金色的向日葵
和紫色的风信子
依然是我的所爱

巷子空无一人
只有花朵和远处的城堡

我醒了
我在山谷中呼喊
我挥舞着手臂
想告诉
我的子民
我不再贫困

五月就要到了
我的诗句和镰刀
已经收好

锋利甚或有
霍霍的声响
我是寨子的主人
我向世人宣告
我不再恐慌
因为我有巨大的粮仓

原乡人

那年那月
走过那段小桥
又是槐花飘香的季节
天空摇着白色的手帕
故乡沿途的小巷
缀满星星的山巅
一名手执鲜花的原乡人
乘着飞行的马
绕过城市的诱惑
千山万水
来看你

四月的玉兰花开啦
开得紫妍
是谁始终喜欢的模样
如夏天的裙摆
在静静的月夜
在微凉的青石板路上
一位赤脚走过的原乡人
依旧感叹着
那年那月
曾经的原野
那些错过的风景
对于故乡的伤痛

静山

走过那片星空
海的声音很大
山很静
水依然

我来看你
村庄飞翔着白鸥
鱼市鲜活
没有了喧嚣
石头围绕的村庄
古朴自然

豆棚瓜架
全是村庄的故事
带着鱼的腥味
远处是渔船

渔网勾勒的生活
在村舍间蔓延
蔷薇花仰着笑脸

集市　农庄　渔民
在山东崂山的小镇
反复上演

飞鹰盘旋
在崂山东侧的茶园
在修仙成道的山间
竹林青翠

我沿着蒲松龄先生的足迹
气象观澜
东边日出西边雨
上下几百年
都是骤然间

可惜的是
我在风雨中
来看你
你依然沉默
我依然巍然

回头看

天色将晚
回头看
走过的路
如山巅远处的暮岚
时隐时现

风景恰是渲染
有人在山间高喊
有人在低谷登攀

晚霞将至
风铃在树枝上修禅
又见渔村炊烟

江山如黛
时光长叹
也如今晚的山月
经历过阴晴圆缺
照见过万水千山

人生百步
回头看
看似平淡

也如绚烂也如璀璨

关于诗歌

寻常很奇怪
生活莫拐弯

凡是努力生活
就要没黑没白
适合多数人
个别事个别人是例外

诗歌也不例外
诗歌本色纯真
做人也不例外
做人讲究本分
善待任何人
二者密不可分

没事学学老舍
也可以学学茅盾
他们是大作家
当然还有孙犁
当然还有沈从文

不要板着冷脸
不要大惊小怪
一日三餐
本是寻常看待

不要指手画脚
不要条条框框
画出圆圆圈圈
制定莫名标准
显出极端认真

文艺属性
一切来源生活
曾是五味杂陈

老同学

时间黑下来时
天也黑啦
指针移动了 12 次
心脏跳动了无数次
年复一年
日复一日

老同学
还记得我们儿少时
坐在田埂上的梦吗

望断南飞雁
那些悬崖上的荆棘
曾经刺痛过你的脚踝
我们坐在泰山的巨石之顶
观望日出
送走星星
伴随夏日的萤火虫

如今，就这样
我们的梦还在发芽
你却把时间逐渐变成了
父母的拐杖
变成了孩子的牵挂

时间很短呀
从前就在昨天
山花烂漫
山野青翠
我们结伴走过的路
转过的山
踏过的桥
看过的电影
我们共同成长的幼儿园
子弟学校
那块黑板
那些板凳
仿佛还留存着我们的笑影
仿佛还记忆着我们的温度

礼堂还在
食堂还在
邻居还在
理发店还在

从落地的第一声哭声
到 30 年后的再一次重逢
仿佛一个世纪
仿佛就在昨天

每分每秒
山枯海啸
一分一秒时间不老

樱桃熟啦

樱桃仙子
你一定是此生此世
挂在树上的眼睛
用最纯情的心
火焰般地跳动着
而且
就在那棵树下
我清晨醒来
不
是你蜂鸟般的叫声
在崂山腹地的
上清宫
华严寺
在东麦窑的渔村
我一棵一棵守候着你
也一颗一颗捡拾着你
像捡拾着一颗一颗掉在水里的星星
更像是不断呐喊的火焰
晶明透亮地掘动着我的内心

内心诚然是晶莹剔透的宝石
在风铃的摇曳下
在乡下枝头栉风沐雨
经过了
寒梅傲雪般地绽放

最终摇摇欲坠

荡漾在海的旁边

哭泣在山的肩头

像一串串熟睡醒来的仙子

张开臂膀

攒动火焰般的心脏

走过那片果园

夜色趁着黄昏
走入星空
我的前边就是那片山峦

水在天边呼吸
你是时空的主人
只记得五月
在丁香花开满山坡的五月
石榴花开得灿烂
你的生日
是刻满诗歌的五月
在那片山峦
母亲诞生你的花园

在故乡黄昏的花园
母亲在紫色的梧桐树下
生下我
生下全家的幸福

我们在花园里
找寻自己的童年
童年里的蜻蜓
在山坡上飞行
童年里的欢乐
在星星眨眼的果园

蝌蚪在小河里游玩
过了一个又一个夏天

今天再次
走过那片果园
星星眨着眼
那趟时光之钟
依然穿行在故乡的山峦

镇子

天空装扮成紫色
久违了
我出生的镇子
时间为谁？
来去匆匆

玉兰在原地开啦
像天空吹着紫色的喇叭
带着你的索取
或是你的悲伤

你平静地生活着
这一世
谁向你最早开放
谁是你钟爱一生的仆人
是故乡

我的镇子
你几经低垂的头颅
让我昂起胸膛

我昂起胸膛
在镇子上走街串巷
看看那些墙上的照片
还是旧时的模样

许多老人
在墙角处晒太阳

我没有悲伤
这是我的出生地
我在树下长大
看着《红灯记》
听着《沙家浜》

父亲好唱京剧
母亲把我养大
我们在一起相遇
镇子上全是红太阳

那日下着大雨
我十七八岁模样
在小镇上逛荡
仿佛戴望舒的《雨巷》
渴望碰到钟情的姑娘

想想也是荒唐
天气依然澄亮
五月麦子金黄
我唱歌在山岗
想想我即将收获的心情
想想我的麦田

我站在山岗
面对大海
一百次的歌唱

我是一株白杨
我依然在坚实地守望
我知道
我根在哪里
哪里是故乡

日本的樱花

其实
春天的上野公园
是在鲁迅先生的
文章中读过的
它更多属于我的少年
少年不识愁滋味
那时有些多愁善感

坐着新干线的火车
你不是第一次来到日本
在莫言先生的家乡高密
我接待过
另外一位诺贝尔文学奖获得者
大江健三郎
那是春天
春天的高密
莫言笑嘻嘻的
高粱还没有结穗

其实
更早些时候
我读着川端康成长大
对于《伊豆的舞女》
和《雪国》
我不知道是麻木

还是茅塞顿开

其实
中学里
鲁迅先生的《伤逝》
和《阿Q正传》深深触及了我
歇斯底里的神经

如今
在春天里来到日本
更多的感受是一种文化
深深根植于日本

櫻花灿烂
感觉鉴真和尚
当年东渡日本
把唐朝的繁华移植于日本

现在
我置身于日本
感叹着日本的樱花
搞不清是野蛮的短暂
还是绚烂的疯狂

也说游泳

生活中学会了游泳
也便是掌握了一门生存技艺

学会游泳
没有什么特别要领
一般情况是
你只要放开胆子
记住不怕喝水

再说生活中
喝水是常态
谁也离不开水

生活也是这样
不要焦虑
也不要担惊受怕
只要你累了渴了
工作和体力透支
即便是你一天没有劳动
在田野里双手舞蹈
你只要醒来睁着眼
在世界上活着或者四处游动
无论你是站着
或是坐着
还是躺着

你只要还是一个人
或者生命
你就不停地喘息
你就离不开水
水是生命之源
水之于你的意义
就是大家和小家的意义
大江和小河的意义

不管你在江河湖泊
还是旅居在山村城市
不分年龄或者尊卑
你就是生活中的一个
生活如同游泳
喜欢游泳的人
尽管姿势各异
有的人善于狗刨
有的人善于蝶游
有的人如同生活
有的人如同演戏

只要看得清楚
不必把对方识破
就像有的人在生活中粉饰自己善于伪装
有的人在生活中单刀直入
直来直去
清醒或者陶醉

都是每个人的活法
都也无可厚非

即曰：人有人道
　　　狗有狗道
各有生存之道

那片海

海在今夜没有哭声
只是心事重重
是城市的心事
踏着厚厚的年轮
是农村的心事
那些阴暗的角落
传出的
流浪猫的号叫
是渔村和渔民的心事
告别村庄和码头

故土难离
就要离开那片海岸线
甚至那些渔船
那些岩石
和忽然凸起的浪花
甚至夜里
那些松涛和猫头鹰的叫声

故土和老宅
忽然间显得难以割舍
包括那些飞来飞去的海鸥
连那些鸟粪的气息
都显得弥足珍贵

石头砌成的街道
再也没有爆米花的香味
玉兰花和樱桃树
鸟林和丰巢
只是磨盘和童年的辘轳
掺杂着走街串巷
磨剪子锵菜刀的吆喝声
都曾经是百年记忆

即将退出这片海岸线
包括你的呼吸
或你站在山包上的呼唤

海的女儿
就要出嫁
请带足那些嫁妆
带足秋天的果树
还有棉花
把那些红彤彤的柿子树
栽在你出嫁的院落
请伺候好那些离别的眼泪
因为
你今生今世
再也喝不到村里的山泉水
村头的桃花园
过去的露天电影
都将成为过往

这是人生的哲学
周而复始
也是大海不断的记忆
天经地义

你将离开大海
代价是不再听到大海的朗诵
而我
迎着风
关于那些往事
都将葬身海底

影子

影子无处不在
仿佛两个人在一起
孤单时
看看那些树梢
是一双双一对对的眼睛
用哲学的思维
辩证着天空

影子是一对双桨
你不用力划行
它就原地不动
踏过那片芦苇荡
还有那片荷塘
大雁飞起
那扇动的翅膀
终究是你的音符
也是你人生的轨迹

影子
无处不在
它是你的人生轨迹
也是你的人生百态

影子
请不要

在墙壁上哭泣
你应该
通过黑夜
传出亮光

影子是
人生百态
何必在天黑时
仰望星空
阳光灿烂时
依旧光彩熠熠

走过托尔斯泰墓地

周围是白桦林
俄罗斯的精神
然后是我
沿着这条路
在蒙蒙细雨里
来拜谒您
伟大的俄罗斯的脊梁
托尔斯泰先生

我来自中国
翻译告诉我
花环围绕的地方
就是您的长眠之地
也是您安息的地方

我来自中国
在我流淌的血液里
有俄罗斯文学的乳汁
初试文学
初出茅庐
我仰望的高山
我叹为观止的长河
是您
托尔斯泰先生

如今
我沿着俄罗斯的母亲河
伏尔加河
听着伟大的俄罗斯民歌
逆流三千公里
来到您生前的庄园
风光旖旎
绿草芊芊

啊
大师荟萃的庄园
陀思妥耶夫斯基先生
托尔斯泰先生
契诃夫先生
普希金先生
群星璀璨
都是指引我前进路上的明灯

我走过红场
走过那片烈士纪念碑广场
我仍然听到"二战"隆隆的
战车声
仍然听到炮声
仍然听到战场的厮杀声
多少年了
伟大的斯大林格勒保卫战
伟大的列宁格勒保卫战
那些为祖国的荣誉

为捍卫正义
前仆后继的烈士
依然静静地躺在那里

时光飞逝啊
托尔斯泰先生
我在少年时
仰慕的高山
我从红场驱车三百公里
从俄罗斯的心脏
来到您生前的庄园
来为拜谒您的故居
只为瞻仰您的墓地

列宁同志称赞的
俄罗斯的灵魂
静静地躺在一片花草中
仿佛战争已经走远
仿佛置身于您的
《战争与和平》

而您
静静地躺着
依然寻找着您祖母告诉过您的那闪亮的树枝

写于 2016 年，俄罗斯，托尔斯泰庄园。今有改动。

突然就想写一封信给村上春树

那时我在日本
樱花刚刚落幕
就孤独的一个下午
我看着日本旧时的建筑
从京都到大阪
我坐着高速铁路
穿梭于城市之间
那次是和《红高粱》的作者莫言
中国的诺贝尔奖获得者
我们捧着一束鲜花
从日本城市奈良
赶往另一座城市东京
穿过神户和大阪
在钢铁丛林的城市中
村上春树先生
开过的咖啡馆
放过的爵士乐
那个曾经快乐时光的男孩
是否曾经有叛逆的思想

长大了
文学成为你的渴求
也理所当然成为一个梦想

你不是另类
你是有着独立思想
和人格的人
你品尝着孤独的苦果
融汇着西方钱德勒、塞林格的思想
山海美景，爵士乐和咖啡馆，曾经也是你的思想

我一路读着你的
《且听风吟》
满脑子却是你向世界的宣言《高墙与鸡蛋》
你的作品
向我展示的是短小精悍
人格健全

其实村上先生
信本应该写完
你其实让我感觉到了活在城市的弱者
也可以说镜子里的两面

我真心是想写一写
在城市里呼吸的那
一片片树叶
还有日本海的一次次呼啸
我的声音
传达着一种思想
正如你的文字穿透着
一种人性的光芒

一滴水草的眼泪
或是星星的叹息
偌大的汪洋

其实
我的这封信
文字简单
内容粗糙
更没有腹稿
在闪烁的东京的天空下
世界的繁华还没有褪去
我唯一表达的
就是
你不在于获得过什么奖项
你的语言
和你留给对世界的思想
将是对你对世界最好的奖赏

托斯卡纳的太阳

那日
地中海的太阳
红得似火

我在甲板上
鱼市的腥味
渐行渐远
海浪逐着海浪
淹没所有的思想

我立在潮头
不住地遐想

略过凡·高的思想
尽管有些阳光
向日葵不断地点头歌唱
我还是喜欢托斯卡纳的太阳

带着文艺复兴的榜样
我穿过托斯卡纳的小巷
海水很咸
就在意大利半岛的东边
在太阳出没的平原
你看到了谁
是谁

与你对话思想

我的每一根神经
都是吃着高粱长大
红彤彤的太阳
也掺杂着莫言的思想

如今
我在地中海的甲板上
咸味的风
把我从西班牙
从毕加索的密码里惊醒
我在甲板上
蔓延着
西班牙土著人的风浪
他们的尖叫与狂热
打断了我的呼吸
包括我的思想

我是一个黄种人
我的肤色在托斯卡纳的
太阳下
熠熠闪光

我屏住呼吸
我沿着大街小巷
看看 15 世纪

文艺复兴的坚实的铜马铜框
他们手握的利剑
究竟和中国的秦皇铸铁
有什么两样

勇猛的斗士
达芬奇出现了
在甲板上
在托斯卡纳的阳光下
我们寒暄了几句
对于《最后的晚餐》的思想创意
我们谈了很久
面对这个西方女神
我膜拜了很久

但我想表达的思想
远不止这些
我看着黄昏中的太阳
在甲板上
在毕加索的故乡

与苏士澍先生在台湾

书写者
首先是一个大写的人
苏士澍先生当面告诉我

天色将晚
桃园机场
我们下榻美龄饭店
依水而建
一衣带水

中华儿女是宗亲

那是于右任先生的书法百年

主题是
风雨一杯酒
江山万里心

我们各自从北京出发
来到宝岛台湾
知名书法家陶晴山先生
已经恭候多时
严格说
那是日本相识时
我们的约定

阔别在樱花纷扰的季节
我们踏步在京都的
拱桥上
你谈笑有鸿儒
我谈笑有风生

我们都在北京
在天朝脚下
在长城的慕田峪
我们一路唱着歌
展望几千年的华夏

巨龙文化
大唐翰墨
书写之下
五千年文化
展现
大唐遗风

书写者
首先是一个大写的人
这是你多次告诉我的箴言

秉持理念
观摩启功
观摩柳公

观摩赵公
观摩寒食帖
观摩八大公

文化在传播
历史有遗传

大唐遗风
于右任先生高德
民国风范
让我记忆犹新

高朋满座
为书法而来
因书法结缘

正如你常说的
书写者
首先是一个大写的人

写于 2015 年，我与苏士澍先生，在台湾，
参加百年于右任书法展。后有改动。

我的偶像是三毛

台湾。新竹县，五峰乡
有山水环绕的清泉
从台北开车一个上午
山路崎岖十八弯
11 月的台湾，青翠斑斓

世界很大
时间很短
我文学的初试对象
不，是文学的偶像
是三毛

当我还是一名中学生
我的文学情结
我的眼泪
我书橱里一本一本的书籍
甚至
我的梦想
我青春的躁动
我的叛逆
我的诗句
我的一万个为什么
和一千个理由
都是为了
三毛

今天
我沿着三毛走过的路线
来到台湾土著人泰雅人
的生活居住地
来到台湾三毛
唯一留给世界的遗产
新竹县五峰乡
三毛故居

青山环抱
绿竹青青
茅舍三分地
周围是清泉

远远望去
是一座吊桥
吊桥的对面是一座
美式的真主教堂

热情的丁青松神父还在
他把新写的《遇到三毛》
签名书送给我
送给我一个来自大陆的粉丝

神父是一位博士
也是一位传教士

三毛生前最挚爱的人
当年他还是一位小伙

他依稀记得三毛生前
发起的援助泰雅人的
爱心组织
依稀记得
一批一批的爱心社成员
在萤火虫的夏夜
在河边在清泉燃起的一堆堆篝火
在幽静的山谷
回荡的笑声

如今
我来了
教堂静谧
开满了红色的山花
连接着教堂和故居

但我所崇拜的三毛
悄然离去
难掩心中的悲怆

到如今
是什么理由三毛选择了清泉
不得而知

唯一的理由
我揣测
一生流浪的三毛
为了抚平心中的创伤

茅舍简单
差不多就是一间民宿的感觉
掺杂着泥土的气息

流浪人流浪世界
三毛一直用最真情最纯情的
故事打动我
也许
这个世界是辩证的
也许
这个世界已经没有真情
三毛始终活在自己的世界

不是演绎
也许，只有三毛敢于
把最真情的故事写成小说
把最创伤的故事
呈现给这个世界

前无古人
后无来者

2015 年，写于台湾。今有改动。

齐鲁大地的子民

整个下午
我们没说别的事
在齐鲁古国
在房镇的院上
一个四合院
一个收拾得干干净净
喝茶的地方
打发这些时光

毫无疑问
我们都是齐国的子民
齐国自古有开放的胸襟
战国有百花齐放
齐国有稷下学宫

记不清有多少次
谈论齐国鲁国啦
这块生于斯长于斯的土地
年轻时在谈
年老时也在谈
从年轻谈到年老
谈了几代人

主题无非就是
齐国的改革

鲁国的孔子

当年的晏婴
如何辅佐齐王治理国家
实现远大的政治抱负
还有管仲
如何推行改革
使病弱中的齐国逐渐强大

都是老生常谈
尤其谈论房子如何升值
谈论美元怎么贬值
谈论张三家的土地
谈论李四家的儿媳

还能干吗呢
作为一名普通的齐国子民
你就不能谈谈孔子的
治国理政
中庸教育
普世价值？
谈谈孔子的门徒
七十二贤
他们中的豪杰
做人做事的厚德
如是厚德才能载物吗

谈谈孟母三迁

方成大器

羔羊反哺

始称人杰

经过了炎热的夏天

已经是秋月

大泽山的葡萄熟啦

晶莹剔透

沂蒙山的大娘

再也不穿小脚鞋

日照海边的渔火

新成立的那些民宿

统统都是一些新生事物

马踏湖的藕花

在我正北的方向开着

荷花艳丽撒满鱼塘

周村大街的银市

如今也红红火火

我们能不能谈谈黄河水

泰山石之类的

是个文化人吗?

这样也显得高雅

有品位

再不行

你就喝点青岛啤酒

八月中秋啦

想必肥大的海蟹已经上市

夜市上炒盘蛤蜊

辣椒多放

加上我们老家博山

的豆腐脑

莱芜炒鸡

趁着凉快

在房镇院上的天井里

看着星星

一块吆五喝六地喝点

何必自寻烦恼

世界再大

也不如海大

海洋再大

也不如心大

你要洁身自好

出污泥而不染

没事多回家看看

看看祖父祖母生活过的地方

还有没有留下产业工人的

那些瓶瓶罐罐

祖父的官帽椅

祖母的化妆盒

那些往事
那些街道
那些熟识的面孔

真的不容易
那些老同学
礼堂，俱乐部，小学，
那些共同走过的路
一路上遇到的贵人
他们与你惺惺相惜
今生无论贵贱
都是你生身父母
一路的恩人

他们是平凡的齐鲁
大地的子民

于坚的眼泪

诗人于坚
对于故乡的描写让我泪落:

永生的云南老母
当我们谈着你的时候
高原上又停下一个春天
来源不同的水悄悄地落在大地上
有的是雨　有的是雪　有的是河流
有的来自我们的眼眶

仅凭这首诗
我可以肯定地说
于坚是当地最伟大的诗人

就像艾青当年说
我为什么眼里常含着泪水
因为我对这片土地爱得深沉

假如于坚是一只歌唱的鸟
我相信
即使羽毛腐烂也会深埋在地里

诗人
不在于你写出了多少
金光闪闪

哪怕只有一句

面朝大海

春暖花开

就可以啦

于坚是我深爱的诗人之一

当年我师从海子

热衷北岛

狂恋普希金

崇拜雪莱

泰戈尔的《飞鸟集》

聂鲁达的《十二首》

我熟稔于心

那个年代

仿佛我们都是诗人

在麦田和白杨树之间

我们抵达落日和森林

出自心灵之语

致敬爱情

致敬一条河

致敬暴雨和熙熙攘攘的夜市

在我们的心灵里

没有罪恶

没有元凶

没有欺诈和软弱
只有屠杀和懦夫

那时候
我们狂热
把诗歌一直写到联合国
请求支持和释放黑人领袖曼德拉
我们不知天高地厚
只因为我们是质朴的诗人

你一路歌唱着云南
我一路歌唱着白杨树
彼何人斯
一晃 20 多年
故乡依旧在
河山照常美

我们开始不再学生腔
冬笋破土
蛹蚕出壳
时局命运
迈克尔·杰克逊
我们关注
阳台上的女巫
说不出的恐惧和期待

我们的文明历史

透露着野蛮和冲动
我们给历史画像
给阴影投下阳光
我们是一群城市的信仰者

我们以自己的名义谈论着
诗歌
在艰难的跋涉中没有迷失自己

今天
当我们一次次从梦中醒来
坚信
自己仍然是一棵在故乡大地上
青翠挺拔的白杨

也是月光

守着这一弯月亮
想起了暖暖的太阳

思念如是故乡
枣儿熟啦
在我熟睡过的山岗
那些山坡上日夜摇摆的谷粒
月亮初升的夜晚
穿梭于我的胸膛

苹果园里

会说话的稻草人
母亲弯腰亲自扎起的小辫
在芳香的苜蓿草的山地里
窃窃私语

我的故乡
有我顾盼流连的身影
河水清凉
淌过我的出生地
山下砍柴的村庄

母亲尚是年轻
挽着我的手
在阳光下的山蛮

我不住地奔跑
逮蜻蜓

梨花开啦
阳光灿烂

我儿时
读过的书
转过的院落
屋前的溪流
母亲的洗衣板
栩栩如生

又是一轮山前月
山风微凉
扯起云裳
如一缕薄雾
回到曾经奔跑的村庄
母亲勤劳善良的模样

也是金黄
遍野的谷粒流淌
玉米跟谷穗
曾经
穿梭于我的胸膛

回头陈年往事

容易醉心阳光
母亲年轻时模样

法国南部土伦

其实是个军港
却没有战争的硝烟

小镇静谧
地中海的南部
地理坐标
比邻突尼斯

这是法国南部
南边就是尼斯
每年戛纳电影节的举办地

更喜爱土伦
有些美国加州的风情
一个在太平洋
一个在地中海

海水像玻璃
五颜六色的古建筑
欧洲的城堡

阳光炙热
电影中的世界
美国是奥斯卡
法国是戛纳

文化没有隔阂
也没有东西方

袖珍的土伦港
在美丽的地中海
犹如穿梭的珍珠

其实
更喜欢
在土伦小镇上走走
不管是白人
还是来自突尼斯和利比亚
的军人

如果有一天
你退休在小镇
我建议
你沿着阿拉伯的清真寺
沿着红色的城墙
见证
法国人的红酒和浪漫
单是几个世纪前的古老建筑
也会让你折服

你一辈子走过时间
走过光和自然

在地中海的遐思里

来到土伦
欧洲风情的小镇
桥，或拜占庭式的教堂
钟表，或飞行的和平鸽

你会忘却
法国南部军港土伦
欧洲的城堡
镶嵌在地中海和大西洋之间的珍珠

你或许
再也不会忘却
法国南部迷人的小镇
充满西班牙血统的
法国土伦
虽然是个军港
却没有战争和硝烟

2017 年 6 月，记于法国土伦。有改动。

巴黎，我在街角

黄昏落幕前　到达巴黎
之前
巴黎一直是我的向往

艺术品　铜像　红酒
构成巴黎的浪漫
知道过
资本主义
或许
就是巴黎的夜色阑珊

这只是中学课本里的记忆
塞纳－马恩省河上乘船
埃菲尔铁塔的
油画　或者圣母马利亚

如今
巴黎就在我身边
风景如画

城市渲染
在美酒和灯光的炫耀下
已经不知道经过了
多少个花花绿绿的街区

咖啡和美酒

加些时尚的要素

各色各样的人种

摩登或者寒酸

如同今晚的作料

夹杂着熙熙攘攘

奇怪的笑声

这是他们的外交

在露天的粉色阳台上

装扮一些稀奇古怪的花朵

还有咖啡厅

猫和狗之间的眼神

装满冬天季节的废话

六月的巴黎

一直没有春天的暖意

舞台

就是这么一个街角

睡意阑珊的

醉汉

黑人　上次在马赛火车站

见过的蓬头垢面的逃难者

还有墙角

那枝绽放的玫瑰

鲜艳如血

恰巧

那枝绽放的玫瑰

就在我的视线

在巴黎街角

我目所能及的地方

是这么的不合时宜

地裹挟着

自己脏乱的衣服

随便的一口痰

让人把你贬为三等公民

多么痛的伤感

我在街角

旁边就是那间

文明世界的花神酒吧

蜚声文坛的巨匠

巴尔扎克

雨果

曾经经常光顾的咖啡馆

远处是塞纳－马恩省河

不远处是巴黎圣母院的灯光

北佛寺村的枣树

村庄这头
扑面而来的枣树
如今已是秋凉
正午烈烈的阳光

恰好
我来到村庄
红彤彤的枣儿
挂满枝上

久违了的阳光
如久违了的田间地头
农民正在收割
遍地都是金黄

没有什么比村庄更加亲切
农夫的果园
稻谷
大娘哼哼的小曲

满脸红枣似的笑脸
打谷时的灰尘落满头巾

此刻
我来到村庄

村前的泉眼汩汩而流
那是我小时候的记忆
掬水而饮

一定是我儿时的保姆
赐给我的诗句
捧起我的思绪

今晨
我来时
露水沾满枝头
扶我长大的儿娘
你一定是在这泉眼
一直守望
长时间的凝视
唤起　今晨的眼泪

村庄的枣树
恭候的是不是
一个风雪夜归人？

永久伫立在石屋檐下
默默的眼神
月光下的磨盘
空洞洞的石屋

人生长短

回头看
是常事
怎衡量
莫忧伤

如今
还是那棵枣树
勾起回家的月亮
当我来时
风飕飕
枣儿挂满枝上

我知道
当我来时
一定是那棵枣树
特别忧伤

1954，重新定义，出生地

坐下来写诗
就想到现在的 1954
大师工作坊
一个生产陶瓷的工厂
那里是我的出生地

我的出生地
生产中国陶瓷
销往美日欧
老外用来喝咖啡
那个年代
中国温饱还是一个问题

我在那里长大
其实就是几座大山
周围全是村庄

孤零零的烟囱冒着白烟
晚上山坡冒着鬼火
山挨着山
村挨着村
既不是城里
也不是乡下

陶瓷销往美日欧

用来吃大餐喝咖啡
我用来喝米粥
整个就是陶瓷世家
从爷爷开始
那些大碗还有大盘
全是描光彩绘
熠熠闪光

带着陶瓷的养分
如饥似渴
我把陶瓷重新定义

地瓜，花生，菜园
红土地
黄土地
五色土
七色土
山脉，脊梁
我的小学，邻居
俱乐部，食堂

翻篇电影一样
母亲在幼儿园
那时多么年轻
只记得
春天开满了各色各样的花
父亲背着我

走过的一个一个山崖

1954，父母曾经来建厂
新中国的第一批产业工人
神圣的工人阶级

我不是太懂事
把隔壁张三家的金鱼全部
喂了我的小猫
还有挨着父亲的一顿打
是李四家的狗
撕破了我过年的新裤

我上小学啦
穿着白色衬衣
戴上红领巾

毛主席逝世啦
天上下雨
地上下雨

我不能再看电影
同学小王
从小跟我在河里抓青蛙
如今已是国宝级陶瓷大师

还有老刘总是叽叽喳喳

手艺人
德国慕尼黑刻瓷金奖
嗓门大
也是大师
什么严大师
国大师
都是我的长辈

原来都是街坊邻居
至少在一个澡堂洗过澡
还有理发店
那个漂亮的姑娘
据说成了歌唱家

老吴去哪儿了
六岁前在电线杆子灯下
给我讲人鬼人妖的故事
还有老尹
冬天穿着狗皮衣服
吓唬我

炒菜的邻居
修车的大爷
老胡的小脚老婆
耿婆婆，满脸的麻子
有些陕西秦腔的感觉
深更半夜地唱歌

有些神经兮兮

时代在变
人也在变
走出去的
走进来的
城墙里的
城墙外的

北京的上海的
天南地北的
我的少年亲友团
你们成名的
未成名的

几十年，弹指一挥间
今生无论你走多远
你是何方神仙
你在何方做官
抽时间，你回来坐坐
我在 1954
我的乡音难改

当一个乡下人

从今往后
就想当一个乡下人
拄着拐杖

或者麦田里的稻草人
风来雨沁
与万物的生灵同根同生

远处是羊圈的咩咩声
近处是丘陵
是飞鹰
虬枝盘绕
在爱意的树上筑巢

你坐在地里
诗人
你是上世纪的风铃
有欢悦的麻雀
清晨到达你的心脏
或是问候
或是蹦跳的眼神

久了
你成为一个乡下人
你用一把陶瓷的软刀

切割那些新鲜的食材

地里红彤彤的辣椒

紫色的番薯

苦瓜就挂在架上

在黄昏到来之前

当我品尝

清清的液汁

沁人心脾

一定是透着你透明的眼泪

在星星的月光下

凤凰涅槃

年老的妇人

请不要再弯腰端着你破旧的铜盆与我对视

可怜你

双手坚硬的老茧

诉说着孩子们的心事

逐渐苍老的年轮

从城市里来

经过了硝烟滚滚的凡尘

还有什么难以割舍

今晨

请放下心头的镰刀

披上蓑衣

戴上竹篾的斗篷

跟我欣赏荷塘里的清趣
看看不时飞起的鹭鸶
也是翱翔
也是水墨画

人生百态
生旦净末丑
将帅士相卒

能否轻装上阵
窘也罢
富也好
心态可是平和？

最有可能
你在身心疲惫的城里
我在粉墨登场的乡下

山顶上的门

门是自然打开的
在通往天主教堂的山口
我看到很多信徒的眼睛
一个世纪前

一个德国人和一个
美国人的交易
起初是一片人
再起初是一片村庄
是
自然风貌
没有遮挡
我在想
真理，或许自始至终都掺杂着荒唐

山门打开着
门的中间
我看到了教堂
教堂的十字架
钟声
樵夫和鹰的飞翔

沿途的马厩和粮仓
是那些已经离去的往事
小桥流水人家

枫叶红得正当

称得上世外桃源
是客栈，或遁世土匪的刀枪
摇曳的柿子树
经过了一辈子的沧桑

风雨的叠加
松树
变成哲理
也变成
信徒的眼睛
千年岩石的模样？

如今
看着我
也看着风景
在门的中央

片段，古罗马斗兽场

满目疮痍
历来发动战争者
都是两败俱伤

伤痕累累
这里是古罗马斗兽场

在意大利
繁华的城市中心
依然记得
那个手捧鲜花的少女
在陈旧的青铜像下
向我来自东方的黄种人
讲述着历史

城墙展览着文明与厮杀
古代与现代
奴隶主与奴隶
权力与地位
当权者与仆人
上等人与下等人的厮杀

赤裸裸
没有了羞耻
没有了谦卑与尊容

一丝不挂
看到的只是狰狞
抽搐与痛苦

人类历史上
最惊心动魄的舞台
人与兽的搏斗
上演了

我坐在台阶上
只是一名观众

况且
几个世纪前与几个世纪后
罗马的城墙依然坚固

站在古罗马斗兽场的废墟上
你的视角
很可能是以后的历史
供人展览

大侠走啦

大侠走啦
世上再无智者

江湖还在
张三丰
洪七公
还在吗？

风清扬还在吗
令狐冲还在吗
郭靖，杨过，小龙女，
石破天，这些耳熟能详
的名字仍旧
独闯江湖

天涯险恶
月黑风高

降龙十八掌
十年磨一剑
无招胜有招
无情胜有情

初始武林
涉世未深

老师
金庸先生
驾鹤西去
美丽的桃花岛
痛失岛主
总是万言千情
总是万水千山
又能奈何?

无情胜有情
无招胜有招
华山论剑
侠义精神
世间百态人情冷暖
路见不平拔刀相助
匡扶正义信守承诺

多么可贵的精神
植入骨髓

大侠走啦
浪漫主义走啦
侠情仗义走啦

几层雪山飞狐
几层笑傲江湖

武林有道
高手云集

江湖还在
月黑风高

滇藏小镇，奔子栏

滇藏路上的小镇
点缀着那些青稞
谷物，柴火垛
星星和月亮

那是六月
奔子栏
我打此路过
我今生
去过荒漠和草原
见过河川和大山
我依然记得你
美丽的
滇藏的小镇
奔子栏

一定是你和我前世的姻缘
路过那么多的河
见过那么多的山
自始至终
我独有记得
奔子栏
山上无名的小花
金沙江头
汹涌的波浪

夜晚
不温不火的燥热的风

那是奔子栏
远处是滔滔的江水
更远处是梅里雪山
一定是一个看星星
看月亮的地方
我打此路过
恰是谷物金黄
东巴舞，藏民族
能歌善舞

炽热的土地
房屋佝偻，山色贫瘠
红红的狼毒草
漫山遍野
我打此路过
我与你相识
在茶马古道
在青稞酒和篝火燃起的
藏族小镇
奔子栏

时隔多年
我记得
我躲在荒漠的夜里
东方既白

神山卡瓦格博

那一路
我路过神山卡瓦格博

滇藏公路
穿过香格里拉
在垭口 5000 米处
拐过虎跳峡

那是梅里雪峰
电影《梅里往事》的诞生地
一对北京的夫妇
开的酒吧

羌族母女
头戴银饰
项坠珊瑚玛瑙

我们跳起弦子舞
抑或锅庄舞

那是篝火燃起的夜晚
记得那些哈达
在激情飞扬

一路的江水

伴着歌声和节奏

那是一个不眠的夜晚
夜色阑珊

在藏族同胞的大山里
手舞足蹈

时至今日
时隔多年
我依然记得北京夫妇的
伊甸园

我从头至尾
看过的电影
《梅里往事》
以及激情燃烧的岁月

面对雪山
面对神山卡瓦格博

月亮潸然泪下
那晚的月亮潸然泪下

秋天的一片树叶

今天，你终于离开
阳光的怀抱
即将落入尘土

今生
你来得从容
走得迫切

甚至
没有打声招呼
甚至
没有擦干眼泪
甚至
没来得及一个拥抱

就这样走啦
离开
朝夕相伴的视线
海誓山盟的窗前

短暂而急促
由绿变黄
由翠变老

无边落叶萧萧木呀
何日长江滚滚来
都是红尘

今生凡尘
或重如泰山
或轻于鸿毛

灰鸟

天空之城
如一只灰色的大鸟

十二月
变得阴沉

也如一只网
鸟扇动着翅膀
在灰蒙蒙的天空里
看不清自己
也分辨不清自己的伪装

大地已经厌倦
颠倒黑白
已分不清
是夜色
还是清晨

鸟在冬天觅食
对不起
我暂且称呼你为灰鸟
我不知道你的名字
在城市的边边角角
你孤独地活着

每次见到你
你都风驰电掣地奔跑
你传递着
这个冬天的温度
你无暇顾及别人的评论

你在这个城市
不属于任何阶层
你甚至不知道自己的
来龙去脉

你天生不是一只凤凰
所以尊贵和尊严
属于别人
你只知道
不停地扇动饥饿的翅膀

你深知自己不是天使
也不是富二代
你的祖辈可能是个菜农
种着一片果园
那是风水宝地
虽不富裕
也能温饱

今天你来到城里
在钢筋水泥的金字塔里

在列车呼啸的地垄里
在鹤立鸡群的城市舞台上
正因为你没有粉饰自己
你的质朴
被人称为笑料

你显得笨拙而苍老
一如你的穿戴
还带着泥土的气息

你与时尚格格不入
经常受到莫名其妙的
白眼与攻击

你即使是
一名打工仔
灰鸟王国的侍从
你也应该扇动翅膀
挥舞

你的觉醒
在空洞的广场
高楼林立
你已经没有方向感

找不到树梢
找不到合理的理由

家园，水，苍翠的竹林
变得异常奢侈

今晚你在哪里栖息
快餐时代的摩的小哥？
在川流不息的城市的灯影下
你的脸庞
压缩成
一道
城市楼群里
觥筹交错的晚餐

那位抹好香水的姐姐
在你迟到的刹那
对你的呵斥
充满着大葱的味道
责怪你
出门为什么不戴好口罩？

夜色漆黑
枝头光秃秃的
远处的几根烟囱
喷云吐雾
抽烟的浪子
随便扔掉的烟头
格外刺眼

没有了秩序
没有了正义感和良心
庄稼，水和养分
变得如饥似渴

我是菜农的后代
我是素食主义者
我本身是一只菜鸟
是清净的佛家子弟
如今
我的选择
我的一日三餐
变得异常艰难

我的祖父是菜农
我是一只普通的菜鸟
凤凰已经灭绝了

时代变迁
我变成一种珍稀动物

周末

想起中学时代的一个周末
帮同学朵朵家去割麦子

妈妈领着我和弟弟
去过山上的果园
黄颜色的苦菜花

那时戴着红领巾
去过烈士陵园

记得
清明时节雨纷纷
那个桥下钓鱼的老头

还有
榆树和榆钱树
前边无影无迹的杏花村

曾经放过的风筝
爷爷的鸟笼子

甲板上挥手致意的人群
落日的海边

渐行渐远的背影
电话那边问候过的人

当夜晚来临
灯下的照片和曾经留下的字迹
和逐渐消失的声音

表达

当稀疏的头发变成回忆
声音变得嘶哑

父亲
我才终于知道
是谁在表达

那棵山楂树居于坡顶
如今
变成一种风景

我一直知道
时钟在距离心脏的位置
潮起潮落

太阳看着月亮
永久的位置
我们联机

你在海的那边
我在海的这头

终于
我还是看着太阳

我梦见一只蜻蜓
一直飞来飞去

山和果树
默默无语

那棵高大的桂树下
是时间在表达

山顶上红色的果子
水滴石穿
父亲与时间的对话

相遇

曾经

我们相遇
手牵着手走过那片栅栏
恰是春天
山花红得绚烂

友谊
忘记了时间
前边是起伏的山峦

挺拔的松树上
曾经
题写着我们青春的宣言

我们一路的歌声
回荡山涧

从来不知道抱怨
经历过那么多的曲曲弯弯

我们疲惫地走着
有些人已经上船
有些人已经走散

又是山花烂漫
我们相逢在
那片开阔的沙滩

日夜的潮汐
等待我们
鼓动清晨的风帆

曾经

回望那些星星点点
远处依旧灯火阑珊

那座桥

那时
我们谈论着文学
谈论着那座桥
桥上看到的风景

那时
我们
走过那座桥
走过
桥上锈蚀斑驳的岁月

物是人非
我们不曾说起过那座桥

桥上的往事
已成为别人眼中的
风景

童年

童年
是那些扑克牌
万花筒里变幻莫测的纸屑

马术团的魔术
翻倒的积木

妈妈买来的生日礼物
爸爸送我的小人书

树林里遇到的采蘑菇的
小姑娘
夜晚山顶上的星星

是谁丢失了童年

童年听母亲唱过的儿歌
父亲曾经背起我的肩膀

是谁找不到童年

童年田野里放过的风筝
空谷寻找飞鸟的足音

是谁回不到童年

童年曾经蹚过的河
走过的路
儿时的学校
旧时的时光

山上的萤火虫
青翠斑斓的山林

为什么童年
都成了记忆
成了
挥之不去
逐渐皱起的眉头

但愿

但愿
你始终信守着我的诺言

但愿
星火燎原光明中不惧怕黑暗

但愿
天空明净一片海岸蔚蓝

但愿
海誓山盟冷暖自知
不如青灯相伴

但愿
天长地久冬去春来
更有
梨花开满山巅

猎人

在黑夜里出没
没有眼睛
只有嗅觉

在秋天里出没
彩蝶换上新装
准备出嫁的果园
凡·高的向日葵

是那些突然告别的落叶
果子已经腐烂
只剩下骨头和狼藉的杯盘

高脚杯，葡萄酒
另一个关于爱情的故事
在这个城市里的秋天
关于诗歌
关于春天的火苗

有些事情或明或暗
是那些码头上的眼睛
不必纠结于真理

真理
往往不是生活的唯一

你浮生只管好自己的嘴巴
因为在海风吹起的
浪花里
你随时被淹没

你被描绘成
一个猎人
没有子弹
只有枪

树影

树在今夜没有回话
只留下稀稀疏疏的影子

今晚
一场奇怪的雪
覆盖整个城市

倦飞的鸟
一定是累啦
月光当她的被子
大地显得沉寂

我在城市里走着
我的影子
映在雪地上
如今晚树的影子
都是些奇怪的造型

我说不清自己
从哪里来
要到哪里去

我只知道
树是我的亲人

树梢的鸟儿
筑巢为伴
在冬去春来的日子里
时钟
指向
对话和温度

哪怕是那片羽毛
哪怕是那片树叶
从树枝上落下

我们哭了又哭
我们笑了又笑
一起度过那些纷纷扰扰的日子

一如今夜的雪
依然沉默的树
终究是岁月的剥离
没有留下任何痕迹

哲理

哲理是只破碎的玻璃瓶
在钢筋水泥的楼道里
重重地摔倒
又轻轻地爬起

是那只爬在屋檐的壁虎
总是蹑手蹑脚
又总是虎视眈眈

是那些密密麻麻的文字
充满各种离奇的符号
形象怪诞的眼睛

哲理是一杆枪
一半是火焰
一半是海水
是天上的星星
是水里的月亮

是婚礼的现场
是繁华落幕时的荒唐

时代

时代在甲板上
像只鸽子
写满铜版的两面

影子逐渐倾斜
桅杆，脚手架
烟囱
喷云吐雾

城市和乡村
变得如饥似渴

时代在广场上
染成五颜六色的玻璃幕墙
行色匆匆

鸽子，主人
在黄昏的余晖里
喂养那些情绪
脚步匆匆

扇动的翅膀
在抖音的天空里
已经看不清真实的对方

大海

海在今夜没有声音
只留下长长的舌头
和那些海浪浸湿
野蛮生长的青苔
反反复复的潮汐
甩打在具有泡沫的岩石上
像是一场持久的战争
涤荡那些唱歌的灵魂

灯塔般的眼睛
汇聚着无边无际的星辰
岩鹰站在海的尽头
俯视家园渔村

黎明
我披衣上阵
清风徐来

苍茫大地
倘若今晚你没有醒来
你一定牢记我摇铃般的声音

我是赤脚走过
天际的火光
一定牢记我曾经对你的表白

大海
我不曾哭泣
我是无声无息的高山
我在平原上酣睡
只是没有醒来

致一位诗人

突然，你的脚步就放缓了
甚至
我还没来得及去看你

时光这么快地老了
老得步履蹒跚
据说
你拄着拐杖
疼痛的身躯
抽动着你的双脸

你已经完全不是
年轻时的模样
你的头颅沉甸甸的
像一颗巨大的果实

你长年累月伏案写作
导致的颈椎病
使你疼痛难忍
双手颤抖

我想，如果
你再回到从前
回到你年轻时的岁月

你还是不是选择
拿起笔
或是拿起枪

我知道
你从山大中文系毕业
你应该是高才生
你一米九〇的身躯
应该是校篮球队的健将
你的志向
是一名国家乒乓球队员
当然，飞向蓝天
也曾经是你的梦想

那时
你是不是还再次选择写诗
选择你从未放弃的
你所钟情的诗歌？

如今
你有没有后悔过
这一生
从二十岁写到八十岁
你的才华横溢
围绕些许光环

你的同学

已成为将军
已成为省长，市长
已成为千万富翁，亿万富翁

而你不为所动
你透着阳光的窗前
永远都是那枝盛开的兰花
梅兰竹菊
那正是你半个世纪的写照

当年
我曾经多次去过你
市政府东一街的书房
清晰记得
家徒四壁
捉襟见肘的模样
甚至记得
喝过的热气腾腾的面汤

你不曾追逐过时尚
始终坚守
文人的清贫
文人的风骨

文人的操守
写在脸上
你始终没有放弃

或改变自己的方向

还记得
我的大学时代
那是五月
校园里开满丁香
你慕名而来
寻找我这个初出茅庐的学生
那是黄昏
华灯初上
我们在小河边徜徉

我们谈得很晚
在校园里荡起青春的双桨

后来
我在《人民日报》
发表的作品
是你第一时间
跑到校园里兴奋地告诉我

那是新中国成立四十周年
我在全国获奖了
金秋十月
石榴红了
我们彼此品尝着葡萄的酸甜

那时

我还是一个抑郁的少年

穿着一件米色的风衣

在紫色的天空下

你晃动着我的肩膀

仿佛那次获奖

使你如愿以偿

后来

由于众所周知的原因

我不再写诗

诗歌解救不了我贫穷的思想

我甚至认为

诗歌

都是无病呻吟或纯粹

打发时光

时代面向市场

国家正在开放

再也不必穿着风衣

装作诗人

在风中徜徉

与那些花儿般的同学

去海边照相

而你始终关注着我

在你创办的《世纪潮》刊物
不住地发表我的组诗
我的念念不忘的白杨

潮起潮落
时光飞逝
弹指几十年
感叹流水和时光

诗人
我至今清晰记得你一直
坚毅的目光

尽管你没有显赫的头衔
也没有更多的奢望

诗人
我会选择你光明的影子
燃烧的诗句

请赐我生我养我的
曾经歌唱的白杨

或许
那是
一个人
行走在世间

唯一
存在的符号

那棵北方大地上的白杨
是我生生不息的歌唱

白杨树

其实

你就是那棵散落在
北方大地上的白杨树

没有任何的名分
也不需要那些奢华的词语
更开不出五颜六色的花朵

你就是一株普通的大树
在北方
厚厚的盐碱地上
在城市
在荒野
在贫瘠的乡村

你顽强地生长着
没有怨言
没有华丽的外表
不需要赞美
不需要浮夸和虚伪的妄言和谗语

你日夜坚守在
麦田　山岗　河川
坚守在城市的角角落落

当城市喧嚣的灯熄灭
你醒来

你喂养我长大
你在城市里看着我
伴着流星
伴着我降临大地的
第一声哭声
直到我离开这个世界
燃烧成灰烬

你在阳光下灼烈
如火焰
表达哗哗啦啦的爱情

你没有悲伤
你在冰雪下呢喃
封存远古的记忆

白杨树
你是风你是火
你是我儿时星星燎原的记忆
在高高的山坡

你是那株白杨
经得起风刮雨淋
在我田园一样的梦里

你是那只鹰的巢
燕的窝

你是我的灯塔
是湖泊是海洋
是农村广袤大地上的稻谷
是千家万户火热的胸膛

你是我的父辈
我祖辈日渐弯曲的脊梁
是我祖母日夜坚守
蓝宝石般哭诉的眼泪
是我祖父挺拔苍老的身躯

在村庄，在村舍
在田间地头
你多像我日夜苍老的母亲
你饱受饥饿　饱受战乱
饱受瘟疫
饱受世俗的白眼

你经历了那么多的屈辱
忍受了那么多的谩骂
风雨交加
长夜如铁

你就在随便的一个墙角

或工厂的厕所旁
你是那么的普通
普通得像是一颗螺丝
嵌在风刮雨淋的甲板上

有时你是一支蜡烛
点亮漫长的夜
你无坚不摧
在无数次地球喷发的火焰中
依然屹立于北方坚实的土地

你是大地的儿子
残酷的风沙和呼啸的夜晚
越发星光璀璨
你是一家人
温暖的热炕
是今夜
热气腾腾的精神食粮

你是生出我的母亲
记得我来到人世的密码
我喝着你的乳汁长大
一路跌跌撞撞

今天
我闻到了你的味道
在夏天母亲洗过的床单上

那些纷纷扬扬的蜜蜂
是我的兄弟姐妹

母亲
你头戴夏日的方巾
在春风吹来的大地上
你的绿意
你的善意
你的诚意
书写在那些母亲亲手缝过的衣服上

母亲
时过境迁
你已疲惫不堪
等秋天来临
你完成了一项壮美的仪式
伴随着你的哭声
与我长视
与我对话
与我朝思暮想的树叶
如眼泪般
如泣如诉
纷纷落下
我知道
你又将经历一个无眠的冬天

没有人向你挥手致意

那些摇摇晃晃的流行歌曲
那些醉生梦死的歌舞升平
都如过眼烟云

这是一个时代的悲剧
表情写在城市人如泥水般
生铁一样的脸上
那些离乡背井的民工
的工地上
他们的子女
未来又将踏上打工的行列
正如那辆刚刚驶过的列车
没有留下任何的叹息

现在
你在荒野
你在北方普通的池塘边
污泥，废料，废气
臭水沟
污染排放
已经到了人类
无可承受的地步

我已经看不见鱼
看不见清水
看不见那些过去与我相伴
与我相邻与我嬉戏的鸟儿

只有那些乌鸦
在灰尘满天的头顶上盘旋

在没有月亮的夜晚
我曾经潸然泪下
我是一棵多么普通的白杨树

我有一个普通的灵魂
我有一颗赤诚的火一般的心

我不需要更多的奢求
我只需要蓝天
只需要一方清冽的泉水

正如人需要奶酪
需要面包
需要五谷杂粮

我是神圣的
我有一颗赤诚的中国心

我肩负着祖辈的遗训
我多么想变成一只鸽子

飞临
在北方的路口

在部队的营房
在儿童的学校
无论在码头或是哨所

我充当先行的辅导员
我要
传递给他们
我的所需我的所求
我的位置
我心中的中国
我是一棵多么普通的白杨树

现在
我站在十字路口
我为历史隐隐作痛
历史不能断层

作为一棵普普通通的树
坚守是我的责任
没有人能剥夺我的呼声

斗移星转
天地轮回
在世界的屋檐下
不管你是一枝花
还是一堵墙
还是一盘棋

我们都在地球上喘息
我们应该和睦相处
我知道
这是我微弱的声音

我知道
这是我生存的权利
我的责任
我的使命感
我的忧患
我日夜奔腾的思念

我只知道
我只不过是一棵
普普通通的树

借口

光明是黑暗的借口
冬天是温暖的借口

短暂是永久的借口
幸福是苦难的借口

快乐是悲伤的借口
失去是获得的借口

诚实是虚伪的借口
失败是成功的借口

大海是天空的借口
天空是心胸的借口

日子

日子是一个人
穿过的鞋
只有脚步
没有大小

日子是一个人
抽过的烟
时隐时现
没有长短

207

日子是一个人
喝过的酒
是浓是烈
不欢不散

日子是一个长长的符号
是叠加的记忆
是那杯放了糖的咖啡
是车站码头上的分别
是母亲反反复复的嘱托

日子如今没有表情
是长长的一声叹息

关于雪

其实很简单
我们仅仅憧憬着一场雪
一场秘密
一场关于少年不识愁滋味
的轻狂

关于梅花
关于古人
关于李清照
和陆游的一场雪

憧憬着一场雪
像是憧憬着一片含苞待放的花朵
是冬天
是记忆
是很久很久之前的背景

大地静美
天空哭了

是谁用眼泪覆盖着村庄
是谁在村庄孤独地牧羊？

当一切的一切都成为往常
是谁挥别白色的衣裳？

覆盖白茫茫的村庄

巴黎圣母院

塞纳－马恩省河畔
圣母养大的一群孩子
无家可归

钟声敲响
塞纳－马恩省河的眼泪一直在流淌
直到太阳升起
向日葵般的微笑

圣母养大的孩子
从世界各地流浪归来
带着
塞纳－马恩省河的琴声
巴黎人的眼神
流浪者的眼泪

神圣
抑或心灵之鸡汤
庄严　肃穆
眼前是
唱诗班的合唱

我不会双手合十
烛光燃烧透明的眼泪

在塞纳－马恩省河畔
在神的圣旨下
我无处遁藏

我流浪的心灵
围绕远近的钟声
没有时间
只有距离

星光

闭上眼睛数星星
天空睁大着眼睛

天空是流动的河流
是清澈的眼睛

多么奢侈的梦呓
童年的梦境

在灯的河流里出现
仿佛城市的眼睛

奢侈变成童年的眼睛
妈妈的眼睛

红领巾
黄蜻蜓
稻草人的眼睛

谷物
打麦场
秋天果实的眼睛

多么奢侈的梦呓
在星星流淌的河里

贝多芬的眼睛
柴可夫斯基的眼睛

向日葵的眼睛
婴儿和凡·高的眼睛

今夜
我闭上眼睛数星星

历史

镜子以哲学的角度
反馈着历史
没有盐分
只有扮演者
有的是独角戏
有的是舞台戏
有的戴着面具
有的假发光头

天空是土地的倒影
没有年轮
没有歌者
有的只是臂膀
是参天大树
在嘶哑的树干
在静止的河床上呻吟
周围是白雪茫茫

春天是种子的花朵
在雪葬的二十四节气里
五颜六色
是你喜欢的蔷薇
爬满潮湿的墙壁

历史永远带着记忆
粉饰你不断苍老的额头

黄昏

黄昏
像女巫逐渐放大的瞳孔
在落日之前披散着金发

此刻
是谁在遗落满世界的珍珠
在你镜子般的眼睛里
折射
偌大的湖面

是雪山的镜子
环绕四个姑娘的梳妆
擦拭父亲的眼睛
擦拭父亲逐渐苍老的靴子

世界沉重的脚步
在清晨
如剥夺黎明的眼睛
这架沉重的风琴

城市如绿皮火车的发动机
带着沉重的哮喘病
在吱吱呜呜的咆哮中
掩盖着肉体的虚脱

也可能是乌鸦般的嘲笑
在虚拟的天空里
低沉和呐喊

黄昏带来巨大的宣言
如海岸飞起的巨大的泡沫
我控制不住我的情绪

我在寻找最初的来处
那句黄昏的问候
那句不断闪耀的我的光明

夜歌

你不必张着嘴巴看着我
在黑夜来临之前
我属于纷纷扰扰的羽毛

我的翅膀永远不属于静止
宁愿我与腐烂的果实
埋藏于尘土

我在地里蕴藏
与坚硬的大理石组成
一种花纹
来装潢那些已经死亡的灵魂

爱情，仇恨，贪欲，权贵
一切死亡之躯
都终将化为灰烬

唯有你的灵魂在
城市的公园里散步
享受着没有阶级
没有阶层
没有苦难的光的自然

你张大着嘴巴
你只为拥有充沛的阳光

没有任何人指责你
在穿着黑色衣服的门廊

你终将走过那鸦雀无声
的夜的森林
猫头鹰哭叫的那张
巨大的嘴巴
周围墙壁的冷漠
你的歌声嘶哑

你的利剑
悬在天体的头颅
终将刺破黑夜的天网

遗忘

当世界褪去颜色
你人生的底片上
留下那些涂抹的墨迹
甚至是生锈的耗尽人生
底色的铁丝网
捆绑着你
这些东西都变得毫无意义

墙上的藤蔓
未来的时钟
最深层次的呼吸
来自你的内心

玻璃杯和梦魇
变得冲动
在人生这驾奔跑的马车上
你的底色不是钱币
不是交易
不是满街诡异的鼠疫
和遮天蔽日的树荫

你的遗忘
终将是狂风暴雨的大海
不可翻越的高山
你镜子里千变万化的情怀

街道

街道上充满了紫色
喇叭花的味道
那是生我的故乡的街道

那是
我出生时的街道
街道上弥漫着各种花的味道

街道上有我祖母的影子
弯腰像镰刀
我的祖父
一个共和国早期的窑炉工匠
街道上有他起早贪黑的操劳
他曾用微薄的工资
养育七个子女
他过早地离开了那条
破旧的如风箱般的街道

依稀记得
父亲
背起我走过的那些街道
冰凉的月色
常让我记起那条街道

街道旁边的那些篱笆

那条淹没我膝盖的小河
青青的水草在河里欢跃

那是我曾经上学放学
无数次走过的街道
街道口路灯
街道树旁母亲的等候与微笑

如今
那是关于父亲的记忆
我搀着父亲缓慢地走过
那条熟悉又陌生的街道

那条五味杂陈
情感复杂
几代人为之奋斗
为之哭泣
苦苦经营
血肉相连
又难以割舍
不离不弃的街道

那条从小到大
从大到小
披星戴月
承载着希望

来来往往无数次跌倒又爬起的街道
那条既熟悉又陌生的街道

再回首
街道空空荡荡
只是在转弯处的拐角
传来几声陌生的狗叫

居于城市的中央

城市的中央
是一池清水
是一面湖

是我每日的镜子
我居住其中

我居于城市之中
城市的变化
正像这面湖中的镜子

城市的镜子
像一组女人的梳妆台
涂脂抹粉
撩人耳目
一边是高楼大厦
一面是烟囱林立
魔幻般的变化

千变万化
鸽群一般的声音
这是我生活的城市

南部是泰山之脊
北部是黄河之源

高山，平原，流水
齐国，鲁国，长城

我居于齐鲁之中央
高山之巅
大河之川

我居于几个世纪的风口
马蹄飞溅的尘埃
是我上个世纪的灵魂

我没有更多的恐惧
我是连接古人与现代的桥索
我是湖泊的一面镜子

我不断地用诗歌
梳妆自己
我在会写诗的居所
已变得对周围墙壁的麻木
我变得无可反驳

城市

今夜城市里弥漫着一种
烤猪肉的味道

这让我想起在芝加哥
见到的那位黑人兄弟
他的眼神充满
好奇和怜悯

我曾经去过的城市
世界各地的城镇

彼得大帝的芬兰湾
有我至诚至爱的
先生普希金
他的雕塑
矗立在静静的城市的一角

我敬仰的无可挑剔的
伟大的诗人
陀思妥耶夫斯基
托尔斯泰
两位巨星
也安卧于这个城市森林

批判现实主义的伟大代表

巴尔扎克先生
故居的门槛上
有我与他们家族的合影

那是一个缤纷的夏日
我从地中海的落日中
看到了巴黎

巴黎圣母院
钟声悠远
像是一个哭泣的灵魂

还有幽悠的塞纳 – 马恩省河
穿过巴黎的心脏
像是一枝送给情人的玫瑰
敲打着这座城市的窗户

最有创意的红磨坊
最有艺术气息的卢浮宫
蓬皮杜艺术中心

月色，美酒
古典的，现代的
纸醉金迷的

交汇的大都市

今晚

我想起地中海的月亮

西班牙的斗牛士

塞万提斯

毕加索

都是我所崇拜的

他们是我的先哲

是我一路走来的明灯

我闻着这些城市的气息

城市里不只有猪排

还有美酒佳肴

还有那些永不腐朽的灵魂

人们

请忘却脚步，人们
请忘记那些周身燃烧
的火焰

在时空列车上
你的欲望

代表的只不过是彗星
转眼间
划过天际

你的痛苦
或许写在脸上
不要夸张自己
嘴巴发出
撞击地球的声音
不是你

而你只是岸边观望东逝流水
逝者如斯浩浩荡荡

你不可阻拦地球的引力
你不可阻挡高山的崛起

请你停止脚步

在拥挤的人群里
振臂高呼

你是孤独的月亮
你在花园里散步
周围的人
他们的影子在自己编制的
栅栏上晃动

他们是欲望的笼子
变得虎视眈眈

人们戴着面具
在晃动的水银里沉醉

果园

又忆起
母亲的果园
开满鲜花的果园

意大利半岛的葡萄
五月的一个下午
黄昏

地中海的风
邮轮上白人黑人的面孔
讲着葡萄牙语的夫妇

他们挥手向我致意
他们金黄和银色的头发
他们吃过的黑色面包

他们相互搀扶的身影
他们与我的合影

他们在法国马赛与我道别
他们要去山顶的教堂朝圣

而我的下一站是
地中海的土伦

一直难以忘记的
摩纳哥
那是关于电影
《摩纳哥王妃》

人生纷繁复杂
难以忘记的是一段穿越

好客的菲律宾先生
手艺娴熟的鸡尾酒
印度先生晦涩难懂的英语

葡萄园，果园，地中海
军舰，游轮，罗马的街道

异域的风情
人生的车站

当分手，当离别
当慢慢地记忆
当下一段旅程开始

我仍然忆起母亲的果园
开满鲜花的果园

忘记

许多回
我想忘记那些密码
雨天里，泥泞不堪的路
失去的早晨和下午

无数个黄昏
鸟儿的翅膀
泥土的气息
那只镜子里的玫瑰
我的赞歌
始终是一堵沉重的墙

忘记
大海汹涌的波涛
永不回头的桅杆
疲倦的鸽子
厌倦的码头
喧嚣的大理石般的黑夜

忘记
那次旅行
美国科罗拉多大峡谷的那些印第安人
他们文身的嘴巴
赤裸的胸膛
他们火焰一般的

锋利的目光

忘记
那些刀剑
战场，血淋淋的牙齿

位于德国的暴力
横亘东西的
柏林墙
人性陌生的面孔和灾难

更有甚者
是那些关于领土的厮杀
那些地图册
那些亡魂，绵延世界的墓地

我想忘记
那艘迟到的船
那张过期的船票
那些挽歌
那些再也回忆不起来的面庞

醒来

每一个早晨
树从晨曦中醒来
没有更多的主张

在世俗的眼睛里
我醒来
云雀和大地醒来

我梳理好今日的羽毛
我是墙上的一面镜子

照射是我唯一的表达
尽管穿着古怪的马甲
没有灵魂

我是世界的主宰
请不要藐视我
藐视我行走的思想

世界
我是孤独的一尾鱼
我在湖泊和江河里醒来

我是孤独世界的声音
尽管我没有羽毛

我来到光秃秃的山丘
我是大地的一片甘蔗林
我寻找我的童年
和我的知音

时光易老
跋涉千里
纵使是充满险滩的沼泽
我依然如一只
翱翔天空的飞鹤
带着孤独世界的声音

兄弟
假若
有一天我站在悬崖上
变成一棵攀缘
大地的枯柴

我会始终守着日夜的东方
不断表达我的思想
表达不断跋涉的声音

我是一只会唱歌的云雀

我在晨露中醒来
我是孤独大地的声音

大海和天空

大海和天空
不住地对话
在我看得到的那些
地球的边缘

台湾海峡从南头到台北
蜿蜒盘旋的山路
跌宕起伏的云层
穿透太平洋的山巅

美国的一号公路
阳光明媚的旧金山
唐人街道的顶端
我踏上有轨电车
眺望远处的旧金山金门大桥
那是一个奇迹

我站在太平洋的对岸
看到祖国的宝岛台湾
珊瑚玛瑙的金色

那是黑海
时值夏日的波罗的海
古代俄国的皇宫
金碧辉煌

第二次世界大战的

终结者

三巨头

斯大林，罗斯福，丘吉尔

将军坐过的椅子

雅尔塔会议

黑海

成吉思汗到达过的地方

我的脚步

在黑色的沙滩上

沐浴洗尘

上面是黑色的松林

俄罗斯人的眼睛

地中海的天空

有着熏衣草和红草莓的味道

伟大的文艺复兴的后花园

有伟大的毕加索

他睿智的眼睛

哥特式的建筑

穹顶，铜马

武士，战舰

英国的血统

廊桥，庄园

啊，这是欧洲人牧场
同在这片蓝天下
这是时光的小屋
我与大海的对话

由于

由于我十八岁的五月
公开发表的第一首诗作
由于我在书本上认识了
普希金
由于诗人艾青的诗歌
一只芦笛的吹响

由于五月麦地里的芬芳
由于多瑙河蓝色的音乐
哥特式的城墙
由于欧洲那个夏季
悲伤的太阳
雪莱和拜伦
他们的精神衣钵
一直在我身上传播

由于意大利的但丁桥
文艺复兴时的花园
那些美妙的爱情曲和
小夜曲
那些传播世界的天使

由于我的祖国
我的黄河
在黄昏的每一个路口

我母亲的微笑

由于我足迹遍及世界
我看到的那些善良
那个黑人兄弟的质朴
那些金子般的眼睛

由于中东人的灾难
非洲人的苦难
由于那些忘不掉的
战乱和废墟上
乞求施舍的孩子的眼神

由于瘟疫还在肆虐
在城市的角落
以另一种形式在蔓延

由于污水横流
垃圾弥漫乡野
由于刻薄的岩石
永远雕刻着荒凉

由于在莫斯科的女贞公墓
由于在法国的国家公墓
那些为国捐躯的亡灵
由于你在这些墓地
停滞和悼念过的脚步

由于那只天鹅

飞翔的足迹

由于雪山最后的黄昏

由于二月冰封的河流

由于祖母的那句嘱托

由于大理石上冰冷的眼泪

由于指引我的那个诗人

他如今已经病入膏肓

双目失明

他弯曲的拐杖

敲打我深夜的身躯

由于那片紫罗兰

生我的那个山脚

我的奶娘

她节省的每一分钱

由于父亲的鱼缸

庭院的芬芳

母亲的针线盒

儿童时的那些欢乐

由于学生时代

我的破旧的自行车

我创办的诗歌社团
我三年的稿费

由于那些善良的
帮助过我的恩人
伤害过我的仇人
我都一一难忘

由于我不再虚妄
把眼泪刻在墙上
由于我的太阳
我到处是向日葵的家乡

由于我不再回首
由于我在短暂的时光里
我的诗歌辉煌

看到

苍天
你看到了什么

你看到了海的边缘
那无际的海岸线
你看到了灯塔，织网的渔村
游弋的鲸鱼
世界的屋脊

苍鹰，你看到了什么
盘旋于雪山之上
救赎那些逝者的灵魂

大地，你看到了什么
写满乡愁的乡村
父母沉重的肩膀

你看到了皎洁的月光
你看到了鳄鱼的眼泪
冰冷的善良

你看到了那些
朴素，天真，阳光
看到了那些
河流，烟囱，悲伤

你看到了佛祖，泰山
恒河，长江

山依旧是山
水依旧是水

戴着面具
也带着记忆

请问世界
请问苍天
你原本什么模样

诗人

一个生命的符号
价值在远处的山霄

黎明或者黑夜
都将是你抛洒的眼泪

甚至狂风或者落叶
大地干枯的种子
都使你疼痛难忍
陡生怜悯

人们在狂欢
在一个一个麻木的神经里
你却踽踽独行

你是痛苦的蓄水罐
带着以色列人的眼睛
逃过了一场灾难

而我逃过一劫
我是上天的种子
我是天河的一滴眼泪

如今
我变成一滴血

我没有武士的剑
我没有巫师的喉咙

世界是我的琴房
阿尔卑斯山
我曾登临歌唱

我直面墨西哥街头的抢劫犯
拉斯维加斯沙漠中的容颜

我在恒河上歌唱
哪里有我熟识的《飞鸟集》
有我月光中的流浪

我面对着喜马拉雅的太阳
那是我永恒的老母
我的黄河
我的长江

我蜿蜒不息的大风大浪
我不断嘶哑的琴弦

知音

背负着这么多的使命
你很难找到同一条河流

乱石堆里，你捡拾着宝藏
玉石和珍珠的项链
你的桂冠一定不是别人所赐

你是蜿蜒的那条小河
从天山，一路唱着歌
穿过荒芜的沙漠

曾经有多少个不眠之夜
你和孤独的月亮做伴
你和孤独的星星做伴

豺狼，虎豹，秃鹫，
飞鹰，与人为伴

它们未必凶狠
但也未必善良

你没有放弃
你依然纯真善良

雪山皑皑

你静默成一株树
你在寒冬的山崖上

你是一串脚印
泥沙俱下
你不曾痛苦地挣扎

你寻找着你的前方
因为前方有你的知音

你痛苦过
在空旷的山野里
你的呐喊
显得那么苍白和单薄

天地幽蓝
只有二月的兰花
开在山涧

你来到城市
城市的喧嚣，带着有机化工的味道
灯红酒绿，那些酒徒哈出的气息
带着 21 世纪的狰狞
他们的眼神，无可呻吟

那是雨后的泡沫
飞溅到你的脸上，你裤管上的泥泞

这是你的本色

我依然跋涉在泥泞的路上
寻找我的光明
寻找着知音

一扇门

门，有哲理地打开着
带着一种早熟

山顶上的门
钟声的门
教堂的门

无论东西
她虚掩着笑脸

永无止境的门
带着敌意或者善意

我从门里出来
又从门里进来

大肚菩萨的门
血色大口的门
张牙舞爪的门

门们似是而非
门长着胡须

门打开着
门关闭着

门是爬行动物
门是看不见的影子

门是似是而非的世界

感恩

记起那些岛屿
流浪在大洋中的珍珠

茫茫星辰中撒网
鲸鱼的栖息地
承载着数以万计精灵的睡眠

繁星满天
海上的波浪
世界的摇篮曲

黑色的松林
世界的罗盘
曾经流放犯人的库页岛
阴险的，可恶的
政治犯，杀人犯
刽子手

看不见光明
阴暗潮湿的海水

只有腥咸的海水
大牢的铁窗
锈迹斑斑

踏足罗本岛
南非总统曼德拉的牢房

大西洋深处的黑暗
囚禁 27 年
饱受非人的折磨和虐待

非洲勇敢的雄狮
没有倒下

为种族主义，为平等
为新的家园
为黑人兄弟的呐喊

周围是采石场
27 年的修炼
以人民的名义
走出心灵的牢笼

走出牢狱光明的大门
他的誓词
那么震惊世界

宽恕所有对他不公的人
包括曾经轮番
侮辱和虐待他的三位看守

他说
把悲痛和怨恨留在身后

让整个世界
归于平静

没有任何东西
不可以放下

如果，我们总是怨天尤人
总是痛苦缠身

不懂心灵的救赎
何谈对万物的感恩

伏尔加河

生动的伏尔加河
俄罗斯的油画

皇冠上的珍珠
黎明的彩虹

俄罗斯人的草原牧场
舞蹈的裙子
流动的丝巾

葡萄酒，岛上的鞑靼民族
篝火，一路歌唱者的旅程

那个瑞典时代的牧羊人
头戴方巾的蒙古族后裔
她，俄罗斯的贵族
在托尔斯泰先生的眼神里

忧郁的琴弦声
普希金先生的琴弦
在无可复制的肥沃的
俄罗斯人的胸脯上

生动的伏尔加河
俄罗斯的油画

金色的项链

一首
忧郁，沧桑，教堂里传出的
深沉的俄罗斯民歌

礼堂

昨天
工厂的烟囱，医院
子弟学校的操场
法桐树，儿时的图书馆

张贴的标语
火车站，汽笛的呼啸
我少年的呼吸

夏天的喇叭花
砖红色的礼堂
思想结晶的地方

报幕员
粉红色的
裙子，淡淡的茉莉花香

占据热闹的舞台

今天
理发店，食堂
少先队，登台的第一次演出
红领巾，六一儿童节
街坊邻居，粮所，邮局
幼儿园

成为墙角的灰尘

砖红色的礼堂
淡淡的花香

为什么
那些，富含哲理
永不过时
的电影
《人生》
《牧马人》
伟大的
路遥，谢晋

却一直没有谢幕
惠存于每个人的内心

祖屋

是谁丢失的糖果，在开满
紫色丁香的院里
玩跑，关于那双母亲编制的草鞋
午后的河滩，春水漫过膝盖
我与弟弟挖泥鳅

阳光下快乐地奔跑，裹挟着
蜻蜓的声音
蝴蝶的声音
苹果红透的声音

祖屋，摇篮里的歌曲
在轻轻的月光下
山上的牧羊人，果园绽放的花朵
水塘青蛙的声音
瓜架拔节的声音

那就是生我养我的祖屋呀
清溪环绕
山水青翠

五岁前的记忆
新中国的第一代产业工人
矗立的烟囱
农村火热的打麦场

山脚下
村里带我长大的奶娘
她是一位孤寡老人
她的儿子永远留在了战场

山的记忆，祖屋的记忆
土地，谷穗，稻草人

苹果园，羊圈，山丘上的核桃林，青涩的酸枣
秋天的馈赠
大地的庄稼

山脚孤独的祖屋
淹没于寂静的松林
闪耀星辰般的眼睛

风口

思想必将成熟
站在山脚海岸的风口上
你的牙齿，被岩石打磨得异常锋利

你是游弋于大海的鲸鱼
一路奔腾着，前进着，翻滚着
周围是遍布海岸的礁石，险滩
张牙舞爪的章鱼，血盆大口的鲨鱼，颠覆海岸的巨浪

你带着一种使命
陶工手里的沙泥
神祇的乐曲和星辰

你是时代，站在风口上的六弦琴
在森林的树梢上
神灵的化身
你是诗歌，是万物，是人生
光芒的代言人

你一定站在东方
曙光来临的路口
你是内心火热的灵魂

你一定奉献着营养和奶酪
玫瑰和美酒

那些有价值的东西

你在风口上
但你不随风逐浪
你的价值不是书写自己
因为好的食粮
不属于任何人

你属于语言和诗歌
石头永远不会发光
真正发光的属于
写下的这些闪光的文字

因为他注定是金子
是普世价值

他不会随着时光
而销声匿迹

老师

阳台上的那盆花，从抽芽
到枯萎
我一直记得

花，移动在人生场景的变化
穿梭于，学校，社会，良知

梅花绽放，是我踏着
戴望舒的雨巷，走出泥泞

山顶，山顶下的小学
操场，绿色的帆布书包
时尚的绿色军装
帽檐上的五星

国旗，敬礼
扎着小辫的老师
二月的兰花

苹果园，菜地，池塘
鸟的翅膀
当年的那些花，那些种子

花样年华，似水流年
城市，阳光，乡村

电车，轻轨，烟囱一样的楼房，栅栏上的喇叭花

记起语文课堂的黑板
班主任
教我做人的道理

想起
那些花的根茎
没有养分，缺少水分
在城市中攀爬

爬满没有空位的阳台

巴黎

巴黎像是一位时尚派的画家
把有各色颜料的画布
涂鸦

涂脂抹粉的艳妇
在虚无的镜子前
耗去的时光

镜子里的画布
呈现巴黎的千变万化

河流，教堂，墓地
文化，时尚，礼仪

很难用一种颜色呈现
风格，风光，风情，风物
哥特式建筑
光荣，骑士，铜马，穹顶
罗曼蒂克，塞纳－马恩省河

街角的咖啡
玫瑰，洋溢着春光的眼眸
慵懒的猫

陶醉于河流和森林的画家

大胆的唯物主义者

脱衣舞

绿色环保组织者赤裸的文身

陶醉之都

时尚的连衣裙

忘情的音乐，为艺术献身的

卢浮宫，悲惨世界的眼泪和钟声，巴黎圣母院

地铁里醉汉的嘶喊

无家可归的黑人兄弟

城市不远处的法国公墓

拿破仑，凯旋门

夜幕降临下的巴黎

幽灵一般的巴黎

威尼斯的桥

古罗马的血统
有着雅典巴洛克的骨架

他们是欧洲的桥梁
流行音乐打开的百叶窗
站着一位不说话的女皇

这是威尼斯
水的故乡
涂脂抹粉的女郎

空心的玻璃幕墙
梦的隧道，穿梭的刚多拉
意大利商人的美声唱法

荡漾在遥远的地中海
黄昏，日落时的情人码头
圣马尼克大教堂，金顶
带有玫瑰的香味

这是亚得里亚海的眼泪
深沉的夕阳
金黄和迷人的面庞

威尼斯的桥梁，穿透着

银子一样的时光
泛起空虚和迷惘

我站在桥梁
现代的文明
陈旧的书本

交相辉映
尽是枯萎的天使
漫过水的浸湿的桥梁

可悲的是
站在船头看桥梁的人
最后也成了别人眼里的桥梁

267

发现

发现时光越来越少
祖母的头发越来越白

母亲守望我的眼神
在窗台上

发现黄昏的花园
光滑的水平面

发现苍白的语言
独一无二的声音

发现粗糙的历史
都是骗人的谎言

发现镜子里那件大衣
带着黑色的纽扣

发现时间堆积的故事里
没有冲刷掉文字的书籍

发现一把剑，虚度的光阴
发现历史的悖论，城墙已经凹陷

发现语言，城市，晨昏，肉体，彩虹和噩梦

混迹人间的躯体
发出未来的每一天
都是可怕的事物
书写的历史
关于你我

今晚

今晚，他变得果断，沉重
他的灵魂，他的皮囊，变成
另一个我
跋涉过的山水，拜谒过的那些先贤，崇拜过的那些思想者，
智慧者

山谷的秋风
秋天丰收的浆果
辽阔的大地

今晚，在更广阔的星空下
你和往常千百个日夜一样
终将告别昨天

昨天，你去过的那个广场
广场闪烁的流星
曾经一张张熟悉的脸
变得深沉，异常

你不再熟悉那些旋律
他们停留在昨天的街道
他们的脸庞，他们愤世嫉俗的模样

你远离世俗
你有山谷的清风

荒滩，沙漠，荆棘丛生的山岗，少年对于诗歌的痴狂

那些往事，那些人
苦思冥想，喷云吐雾

金色穹顶的艺术殿堂
高尚的精神食粮
伴你行程的伟大的人格
智慧的群星
殿堂陈放的书籍
无一不是经年累月
勤奋堆积的结果

神灵

在我们失意，沮丧，无助的时候
哭泣，生活的窘境
亲人的失散
突然的离去

悲欢离合，酸甜苦辣
登门拜访
却南辕北辙

抱怨，路途的艰辛
你望梅止渴

就有一只远处的喜鹊
登临头顶

你在瞬间变得喜悦
六月的浆果
清冽的甘泉

仿佛十二月的花朵
绽放永恒的玫瑰

内心火热
一本久违了的诗集
呈现耀眼夺目的金子

你联想到始终关心你的人
无论贵贱和风霜雨雪
你想到
一条街的灯火
一张照片，始终带有
感伤的渔火

今生，你爱的人
爱你的温度，
都将汇入诗歌
正如，那些半夜的钟声
敲响我看不见的梦境

而我的神灵，点燃熊熊的火把
把故乡照亮
他们行走于山巅和大海之间
他们常常造访我的内心
他们是我今生可爱的人

轨迹

轨迹，代表着你的人生坐标
你混迹于人世
唯一能证明你的
是你不断超越的灵魂

你的名字，是劫后余生
不断闪耀的星辰
引领，那些黑暗遮挡的
失去了光明的群星

周而复始，你跋涉过的山水
麦田，葡萄园，小时候的苹果树，山巅，儿时的伙伴

仿佛都在昨天
你游历世界
欧洲的城堡，从里海
彼得大帝的后花园

到西班牙人的向日葵
地中海蔚蓝色的风

你徜徉过的那些各色人种的街道
巴尔扎克的故居
雨果的悲惨世界

你拜谒过的那些珍藏着
世界奇珍异宝的殿堂
涤荡过你诗歌的心灵

你刚毅和坚定的面庞，是你对这个世界唯一的承诺

你是山谷的清风
是不可征服的茂密的森林

拯救

用什么拯救你，我的灵魂
当时钟敲响，你走过的路
村庄，山林，诗歌的路径

当，时代的良心
纽约，美国东海岸矗立的
自由女神
墨西哥街头的暴力
无家可归的巴黎地铁

黑人乞求施舍的眼睛
非洲那只雄狮
黑珍珠一样的皮肤

你与良心的对话
在威尼斯大教堂旁
与法国画家爱丽丝女士的对话
当，上帝耶稣
来自穿透天堂的声音

我漫步世界
我漫步我的诗集
我聆听天籁之音
那是在西藏

我与天地，与飞鹰，与亲眼所见的天葬
与灵魂，那么亲切自然地接近

没有奢求，没有主次之分
你与时光，与土地，与群山，与太阳
更加亲近

你的魅力，一定来源于雪山
高山之骨
你是喜马拉雅，曾经踏过的乞力马扎罗，你是海明威

胆识和勇气
日夜追逐的诗歌与理想
你深埋在灵魂里的歌声
一定束之高阁
必是自我拯救的图书与信仰

失去

诗歌变得奇妙
让我陡然想起
失去的那个夏天

那个夏天，我十六岁
父亲积攒一个月的工资
为我新买的自行车

沿着乡镇
穿过那个鸡鸭和牛棚的村庄
火车站，那个至今让我记起的地方

我的高中生活，出生地
沿途铁路线
村庄的气息
栅栏后紫色的喇叭花
祖辈的痕迹

坐过的绿皮火车
小镇的告别
老屋，村上的豆腐坊
挑货担的郎中

祖地，祖坟，祖上的基因
松树林，菜园，农村的牛粪

小镇，电影院

日夜穿梭于工厂与乡村
为什么，人在离开故乡时
才那么伤感地回忆过去

小镇上的干爹
飞雪的冬天，为我制作好的书橱
如今，那些陪伴我转折过多少寓所的书籍

光阴，干爹皴裂干瘪的双手
春天的柳树条
记忆，偶尔带着伤痛

河里的青蛙，夏天的星星
池塘里游来游去的鱼

丢失的草帽
稻草人，苹果园里黑夜里出没的蝙蝠

钥匙丢失了
我的记忆的凉鞋，在夏天
已经找不到哭泣的痕迹

灵感

有时候，突然造访的灵感
让我兴奋，我突然
想起那些玛瑙
那些天然的成分
在克里米亚半岛，黑海舰队
与格鲁吉亚胶着的战事

那里的高加索面庞
俄罗斯的度假中心
俄罗斯贵族的后花园

那里的玫瑰洋溢着欧洲风情
城堡里的喀秋莎姑娘
她们看着我亚洲的眼睛
她们修长的双臂让我好奇

我是成吉思汗的故人
我来自东方
西域的情歌和美声唱法

我来自天朝
来自浩瀚、美丽的
大唐草原

我是天朝，李世民的后人

大唐威仪天下
大唐马踏四方

如今，这颗珍珠
深埋大地的心脏
从地球的东端
流浪到地球的西端

俄罗斯的殿堂
供奉着神灵一般的东方故事
大地在行走

东方列车上
马匹，盐，面包
在诗歌一样金碧辉煌
的粮仓里
我的喜悦
无处不在

看见

对一切事物看得淡泊
绝非徒劳，那些把往事写在心头的人，如窗上的玻璃
贴上多余的标签

时光，在黑白交叉的路口
延安枣园的灯塔
窑洞，主席消瘦的脸庞

扬起手臂，指点江山，激扬文字，太阳从东方升起
恰是大雪纷飞的冬日
我所见过的延安

艾青同志笔下的火把般的
人民的激情
那句，为什么我的眼里常含泪水
因为我对这片土地爱得深沉

国难当头，歌咏土地，
不需要堆砌更多的装饰

时光如昨
那是你所崇拜的另一位启明星，乞力马扎罗的雪
老人与海，海明威的胆识
你所敬仰
真正的小说家和诗人

"二战"时期的战地英雄
最好的散文，流动的盛宴
古巴海岸抽着雪茄的英雄
我高中时代的偶像

看见非洲的金钱豹
阳光下，在波涛汹涌的大海中
与血肉模糊的鲸鱼
血盆大口的鲨鱼
颠覆，赤膊而战，
虎口夺食的那个老头

看见镜子里，逐渐消失的光阴
你的诗集，你的意义
变得有声有色，且是一生中的完美

时间

时间是看不见的河流
编织的网，我的草鞋
河滩，一串串贝壳堆积的脚印，飞行的呢喃
指针，大雁留下的羽毛

河水浩渺，生命的价值
镜子挥舞的眼泪
玻璃瓶中花朵，带着刺痛的玫瑰，你忧郁的脸

墙上不断繁新的影子
孤苦无依的月色
那个打扮得如紫若兰一样的忧伤的女人

像浮云一样变来变去天空的
颜色，编制着秘密的数字
上苍的数字，写满天空的诗歌，光阴，带着梦幻
白羊一样连绵起伏的群山

凸起的山峰，鸟的翅膀
划过天际的痕迹
许久了，你的爱与恨
在时间的光影下
魔术一样的生活

时而在地狱

时而在天堂
希冀与愿望，父母的眼神
书中的黄金，时间的地图

不断遗忘的人和故事
褪色的白色的连衣裙
十七岁的那个夏天，栀子花
涂抹的红色的纱巾

定格和消失的火车站，渐行渐远的游人，黑色的大理石
和时代更替的步伐

倒退的时光
一切的一切，声音和回想
神秘的门，诸神的方向
天空的倒影
白银和黄金的世界

在星辰不眠的长夜
诗人的情怀

这就是时间，从不入睡
白天失去

我仍在写诗和看书

春天

春天，黎明前的公园
远处的歌者
孩童天真的笑靥
开满十个指头的花朵

匆忙的过客
弹钢琴的声音
老人的拐杖
老人，拄着拐杖的联椅
时远时近的笑声
渐渐消失的方向

母亲的银发
在柳树开花的湖面
倒影紫色的玉兰花

那是春天的信息
儿童歌咏母亲的诗歌
一生的快乐时光

是一种舞蹈
燕子试飞前的羽毛

瓶子里装满了各种颜色的酒
装满青春的喧嚣

镜子里表演的主角
挂在枝头紫色的凌霄

公园里
失忆的老人
反复咏唱的那首歌
是心灵曾经遇到的伤害
难以忘记
重重叠叠的山峁

走过的那些路
曾经开过的花
失去节奏的路标

来年的春天
儿童向往神鹰的飞翔
老人回恋救赎的鸡汤

为什么不是忘记
彼时的心境
难以下咽的那些苦涩
摆在面前的那些路
曾经的选择

春天，挥舞着紫色的拳头
摇醒尘埃
摇醒失落的时光

记忆

时光是不会说话的耳朵
在今夜的屋檐下
大象
涂鸦成荒坡的脚印

街道没有回声
哲学和历史变得久远
那是一扇
渴望独自打开的门

大象的脚印
星星和月亮的脚印
谁是黑夜的主角

周围变得默契
大象哑口无言

路过的很多人，很多事
组成的一生
墙上有很多颜色
组成一幅画
他们的构成异常简单

他们多是平民
有时候，身份变得并不重要

可能是墙壁
可能是婆娑的树影
在纷繁的桨声灯影的世界里
努力找回属于真正的自己

但是
大象，在今夜摇摇晃晃
一如一个摇摇晃晃的醉汉
在亦步亦趋的阶梯上
时刻清醒
时刻迷失了自己

五月

春天是母亲的手臂
五月里出生
梅花过后
满是笑脸的桃花

母亲只在一个凌晨
与我对话
一滴春天的眼泪

红就红了
况且是在一个下午的
对话

文学，历史
犹如海边的苔藓
打开的书本
在咖啡馆里
叮叮当当
浪费泡沫与藤萝的情话

远离尘世
那是一次鱼市的邂逅
海边的腥味
裸露礁石的渔村
坚硬的岩石

甚至没有营业
渔村的苍蝇
在一个奇怪的蛋壳上

只剩下
屋后的月亮
像是一支笛子

覆盖母亲的忧伤

麦子

五月丁香花开的季节
麦子在田园里
裸着胸膛

那是庄稼人的胸膛
还有麦芒
躺在地里的诗人

匍匐的热浪
那是我走出校园的
第一次与土地的亲近
带着镰刀的记忆
裸着胸膛

那是金色的豆子
盛在碗里
那是穿过胸膛的黄金
我记忆的诗句
我全部的音乐
射向土地的猎枪

穿过秘密的森林
子弹变得深沉
我的高大
我的麦芒和诗歌之道

我沙哑的喉腔

时光装束成
看不见的台阶
果树和巧舌如簧的
幕后的鹦鹉
他们的声音
变成空洞的水银灯
偶尔装点黑夜深沉的街巷

而金黄色的豆子
盛在碗里的麦穗
是滚烫的太阳下的明镜
是子弹穿过森林时
土地的胸膛

大海的耳朵

海边筑巢，大地耳朵的声音
敲打孤零零的岩石
我的灵魂

泛起的泡沫
巨大的海潮
像敲打一个饱经风霜的老人
岩石一样的钉子
敲打岩石生锈的骨髓

码头，逐渐褪去的灯火
仿佛是颗钉子
深夜突然来临
造访人的灵魂
生锈的岩石
骨裂一般的岩石

没有表层
有的是岩浆一样的内核
海的体积
装载着盐水也装载着眼泪

是的
大海的眼睛
没有浮标

所谓的契约
只是海水与岩石的履历

今晚
裸露在星星闪烁的岸上
那是一颗钉子
是大海与岩石的厮守
敲打曾经的往事
生锈地挂在船锚

哭泣的玫瑰

巴黎的哭泣
塞纳河

你漂亮的裙摆
穹顶的玫瑰

忧伤的双子塔
哥特式尖尖的帽子

你的长发
烛台上的蜡烛

白衣天使
举着圣杖的神父

门前的祷告
十字架

雨果的卡西莫多
人间情爱

石头的交响乐
格窗上的天空

哦，俯瞰巴黎的怪兽

深夜的敲钟人
浪漫的艾丝美拉达

我静坐在神父的面前
丧钟为谁而鸣

影子

一把隔夜的尺子
一条摇晃的灯线

时光长廊
有时是太阳
有时是看不见的灯光

黑暗中的灯塔
摇摇晃晃的

失去了哲理
带着自由的灵光

花瓣

时间的记忆
梅花和六月的雪

春泥或者灰烬
我应该相信什么

拍打河水的羽毛
春江水暖

总是角色匆匆
来不及转化的舞台

是归期，窗台上的花瓶
干枯的河床

你额头的指印
天上的星星

诗人，昨天的高脚杯
带有玫瑰色的长廊

蚊子的梦魇
面如桃花的铜板

峡谷

没有回答
挤满看不见的人群
大雁飞过的声音

流亡者，苦难的旅程
列车穿过峡谷

胜利者的狂欢
岩石刻上你的名字
追随者的手臂

家园
上个世纪打开的书本
围猎者的桌布和书包

石头，泛起的涟漪
教堂的钟声

人间烟火
幸存者的足迹

山脊上的小屋
五颜六色的画布

薰衣草，天上的使者

陨落的星辰

自远而近的脚步
长长的走廊
抱着鲜花的人群

一只猫

我看到的世界
我躲在墙角
我躲在门后的被窝里
我不被人看到

习惯于在太阳底下
窝藏我的嗅觉
是白色的蔷薇花
慵懒地晒太阳

我是一只猫
我缩头缩脚
我的四肢在追逐的影子里
昂头看着天上的繁星

仿佛是一只毛茸茸的蛋壳
不分白天黑夜
我有月亮的脑袋
金鱼圆鼓鼓的眼睛

我的左手举着太阳
右手是黑暗中的蜡烛

蛙声阵阵
那是风景中的池塘

地球上的莲花
谁是天空的主宰
违背的意愿，心中的明灯

是我的良心
我良心的主宰
大海的呼吸
海明威先生栖居的海岸
我心中的白马
山东半岛的渔村

我经久的良心
语言和猫的对话
睁眼看到的世界
白色屋檐下的蔷薇

我露宿在街角
大猫和小猫的脚印
我猫眼看到的世界
遍地开花的良心

沙漠

村庄显得寂寥
沙漠之狐
火光一般的村庄

猎人，镰刀，收割的月亮
在世界乌黑的灯焰中
茫茫的雪色

远处是篝火
天边是无序的山峰

五驾马车
所有人下一段的旅程

稻田，天空，蜷曲的身体
中途的火车站
缓慢的脚步
人的喘息声
拥抱，鲜花，鸟飞过的痕迹

石窟，神像，生命
干枯的井，背负的十字架

开头或结尾的音乐
脸上的皱纹
逐渐掩盖的年代

沙尘中，生锈的灵魂

童年的马

千纸鹤，木兰花
镜子里的衣裳
童年，奔跑的马

青石板，卖油饼的磨坊
街头的货郎，小泥人
泡泡糖

老榆树，开花的蔷薇
猫的尾巴
马的眼睛，古铜色的马
金色的底座

马的嘶鸣
马蹄的琴声
众人的使命

古时候的照片
打开的门窗
停止的时钟
断线的风筝

祖先奔跑的轮子
装满马车的玫瑰
涂脂抹粉的新娘

起风了

不知道风从哪里来
又到何处去

或许起身于愤怒
或许是执念太深

不
也许是即将抵达内心的平静
波澜壮阔的刹那
是人生的慈悲

起风了
风从何处来
又到哪里去

星星

今晚，星星将如何表达
山间的玫瑰洋溢着阳光

火苗诉说着，人们的心跳
船锚抛在岸边

海用她的紫色的语言
谈论女儿的心事

黑色的松林
在两座城市的掩护下

交织着喘息和灵魂
岩石和骨骼

大地和山脉
碾压过的心脏和我
震颤的脚印

用星星诉说我的心事
陈年的诗句

凝结成透明的液体
含有丰富的钙，含有丰富的铁和眼泪

玫瑰，那是我对你褒有浆液的认知
对于今夜的星星

对于横亘万古的照耀
或心灵的倾诉

多少年之后
我还记得你那夜的哭声

写在诗人的日记簿上

如果我们的诗将雕刻在历史的华表上

那么生长在长城上的一草一花

都是不灭的种子

簇放在世纪的扉页里

我们的开拓

躬背着黄河纤夫的绳索

在亘古的歌声里

足迹，探索的脚步横卧

车轮和太阳旋转着

在鼓动的风里

呼啸的汽笛奔猛

让大地和高楼一道崛起吧

让街道都变成走动的指针

悬在开花的十字路口

让人们的心都跳起来

去迎接早晨的霞光

让龙的脊骨苏醒吧

为了每当国旗升起

敬礼的仪式

如举手时的誓言

铭刻铮铮

诗人，如果你是真诚的

就让那佝偻的、贫瘠的黄土

繁出火红的高粱

在黑夜遥遥的寂寞里

溢满你忧忧的思忧

让那蜿蜒的岁月

在困倦里留下鼾声

如果在你塑就的画像里

镰刀、铁锤和麦穗

在显赫的图案上铸造

那是我们的旗帜

在威严地飘扬

你该并拢双手

攥紧拳头

不要沉沦

在混乱的人群中

你应该选择自己的颜色

为了在迷途和归来的时候

树立正确的方向和目标

你该让每个早晨和黄昏

充满芳香

好在睡眠和醒来时想起昨天的创伤

你该倚靠着墙壁

仰望蓝天

让鸽子和士兵的枪

一起鸣响

你该珍惜自己的荣誉

让每一双真挚的眼睛

都焕发青春的光辉
让那些飘飞的落叶
都变为诗句
嵌在军人的国徽上
增加几分气度和刚强

永远也不要气馁
在攀登的阶梯上丢下沉重的叹息
即便千百次失败
我们的成功也在脚下
让所有的日子都战栗吧
撕下那一页页发黄的过去
去填满那一张张崭新的未来

阳光下的土地

当然　我想听一下它的声音
在金黄的绳子捆绑好那些庄稼之后
我想替我母亲背上这些沉重的谷物

回到温暖的家里
听关于冬天的故事

麻雀会很温柔地走开
卷毛狗卧在我们烧热的炕上
我们品尝母亲一年来
所收获的盐粒
硌牙脆香
我们会谈论劳动的各种形象
弯腰或者躬背
我们会原谅父亲
让他在母亲的纯酿里陶醉

我们会唱着那些蹩脚的歌
吟哦爱情
对于土地
我们无声无息

大道

这时候　车辙久响
如蛇穿梭于泥塘
阳光苏直地照在路上
不同的方向
就有不同的阳光
挥动的臂膀
伴随滚滚的吆喝声回荡
摔响的鞭子
如久旱土地上沉沉的雷响

这时候　就能见到父辈赤裸的脊梁
父辈赤裸的脊梁
血在膨胀
一声声沉默的足迹
如一颗颗泪水在流淌

313

这时候　两边的槐树没有荫凉
孩子的哭声里苦念着奶浆
这时候的田园里
正沐浴着阳光

对白杨树的怀念

喊一声兄弟　你常使我热泪盈眶
白杨树
你围坐在我的周围
在生长部落的家族
在生长传说的村庄久住
你就在河边散落
随便的某一个位置
在开满苦菜花的那个山坡
在喊声四起的深谷
白杨树　我的保姆
曾经领我赤脚走过那座房屋
去祭奠我们的先祖
我长时间的痛苦
白杨树　你可听到
至今风声呜呜

你是我的好兄弟　白杨树
你透露着纯真和善良的古朴
曾经抚育我们走过一道一道
难以计数的往路
你旷持的爱情在我们的村庄久住
你热恋这块生你养你的故土
这块生长麦穗和向日葵的故土
就是我对你深深的祝福
和最真最厚的爱抚
你让我怀念你时　失声痛哭

远望村庄

村庄依水而立
遥遥相望　远近一片白杨
一片生长的手臂
麦子闪烁着锋芒
满地是金色的阳光
金色的种子一如白杨
汗水泼洒的村庄与到处
长满汗水的手臂在这里到处生长
锄、犁耙、所有的农具
让土地丰腴富饶度过灾荒
贫困的时候
依然殷实的谷仓
林立地坐落在我们的村庄

祥和的家园祥和的一方土地
供我们舞蹈供我们享乐和歌唱
一望无际的田野
是一些庙宇的堂皇
香烟缭绕地飘荡
我们的文化以手臂的形式
在村庄持久地歌唱
劳动以一种美德的力量催人向上
在洪水浇灌好那些禾苗之后
在烈日的正午
你就会看到那些挺直的白杨

以手推车的形式
以扁担的形式
以宽厚的嗓音和臂膀
弓腰向土地索取粮食和给养
麦子搓皮吞下极香
蓖麻榨油点燃火光
油菜花的故乡
就是白杨树的故乡
我们的村庄
在这样的背景下　种植太阳

白杨树

白杨树围绕村庄
白杨树围绕村庄的大道上
留下马夫赶车的声响
白杨树遥对着我们的家乡
它如一只鲈鱼在鲜嫩的苇丛中歌唱

想起白杨树
就容易想起母亲的慈祥
母亲在冬天里为我们缝补衣裳
母亲的手指一节节冻僵

想起白杨树
就容易想起风雨的往常
往常的故事都很辉煌
往常的白杨树一株株如林立的谷仓

至今

至今我不能相信人会死去
不知道岸的对边有一片海洋
灵魂会在那里收割太阳和月亮
而且越生越旺
我总是不能相信会有力量抵御
那些充满诱惑的面孔
腿或者胸脯
在魔力无休止的鼓舞下
皮肤渐渐老化
老化成一堵堵冷酷的墙
但我不能相信窗户里没有眼睛
缝隙中没有声音
我看到一些畸形的影子
在移动
手里都拿着剃刀

我从没有过这些撕撕裂裂的东西
但我知道
这或许就是真正的死去
都保持沉默

独白

我忧郁地走进你分岔的手掌

十二个指头

编织一些路口

寻不见灯和时钟

有门　在竖起的浮雕上

紧闭着回声

我含着血　在身外的世界里

在吐露的晕石里

敲响翠绿的梦　然后

我离开那些琴的韵律

在身外的世界里

等待超脱与洗礼

想碰碎往日的记忆

没有反响

在较量中

一个人输了　用眼泪

塑像

为所有残损的未残损的塑像
不用泥雕不用木刻
高筑一面面活梯移动的墙
深凹的头颅
纵横的沟壑
弯弯曲曲的纹络
行行排排的墓殇
都是痛苦都是创伤
一笔是累累债务
一笔为赤裸舞场
右是山峦左是脊梁
背是青天面是黄土
不开花的故乡

为所有残损的未残损的塑像
用泥雕用木刻
是蜿蜒的长城
是屈伸的长江
是一个黑暗的影子在风化中延长
是一个驱动的身影在行进中流淌
矗立是傲骨潺涌为血浆
崩裂在一个烟雾的早晨
坍塌在一个暗淡的黄昏
既有古迹也有殿堂
既是洞窟也是灵床

为所有残损的未残损的塑像
如果塑造本身是一种死亡
我将挽着花环走向辉煌

为谁歌唱

在秋的晚幕里
百合开过的山庄
我为你忘记而哭泣
听青鸟委婉地歌唱
生命的灯已不再燃亮
没有哀伤
各自的影子很长很长
读你写过的信
挽着月光
读我忧怨的诗行
莫再徜徉
美丽与残酷
是时间的一场梦想
温馨与回忆
是痛苦的一段迷惘
不知你能否原谅
那个曾经在灿烂的阳光里
从你面前走过的那个泪水
盈盈的弟弟
他的悔过与往常

或许

或许纯真就是一汪清水
汇集的泪水
听不到河流的声音
而撞起的涟漪让人泪湿衣襟
或许执着就是一种误解
铺设的路枕
使人走向歧途自焚
而痛苦的飞蝶替为化身
或许道路仅是一种延伸
摆设的路标
既是选择也是迷津
而远处的篝火燃烧灰烬
或许爱情就是一张纸牌
手中的纷纭
容易掩藏又极易出卖
而失落的伤感永难自斟
或许说谎恰是一种坦率
表露的自我
形成一种成熟的对称
而丑陋的灵魂无人崇拜

我的诗

如果以咯血诚见我的啼鸣
我将在每一个开花的窗前
无论是早晨或黄昏
滴落我的眼泪
开出芳馨

我的每一次含羞的微笑
都带着忧郁的百合香味
在寂寞的雨中
徘徊

我是多么相信
痛苦中的一次次洗濯
与留在背后的身影
渐渐嘶哑的声音
我耕耘的步履在泥土中延伸

如果我的身躯
在悲泣中倒下
那是我的诗篇
如一株火红的木棉
蓬硕青春的华冠
我的根
依然与你血脉相连
我孜孜不倦地寻找

我矻矻不息地生长
我是多么恪守真诚
请佩上我这块赤色的胸章吧
好在显赫的位置
燃出串串神圣的光芒

在静夜的案台上
我烧成一支炳明的蜡烛
好在兀自的孤独中
陪伴你
为了在酣然的睡梦里
我的抚慰
如甜甜的笑靥
叮咛几分温存

假若我不能给你以关怀和殷勤
请原谅我的粗鲁
在翻过的日历下
请记下我的足迹
我会在走过的路途上
刻上你的名字

我会铭镌许下的诺言
在长长的走廊上
拉响时间的钟
让你的手臂与我一起举起

我会惦念每一次失去和获得
荣誉和声名
为了在睡眠的诗页上
合上我安详的眼睛
我将为明天而牺牲

燃烧的火

用这支古老民族

沉默多年的火把

点燃我们的泪珠

当旗帜和彩球飞舞

请伸出手臂

反省一次次的迷失和悔悟

当国歌响起

那是我们的灵魂和身躯

千千万万英雄和先烈的血液

在歌唱中欢呼

祖辈的骨骼

黄土地上执着的歌

那些自西而东的江河

那是我们一次次地穿越

又一次次地坎坷

当圣火燃着

我们想起什么

想起一只苹果

被人们随意刀割

想起一只鸽子

所饱尝的饥饿

想起一支笛管

曾经流落的酸涩

当编钟从历史中埋没

当史书从焚烧中复活
我们想起什么
想起圆明园的火
想起冬天里的那把火——
一只奔跑的马
所留下的蹄声和寂寞

一群多么完美的孩子
但他们真正懂得了母亲的含义
诗歌就会在他们眼里
灿烂壮丽
他们就会回忆
那株梦中葱郁的树
上面的果子
一个个甜润
他们就会想起
去做一个诗人
一个诗人的定义
所负有的责任

让我们衔起哨音
在这个即将来临的辉煌的早晨
燃亮我们的脉搏和青春

驿站

我们邂逅的时候
你已经疲倦了吗

那个酣然沉睡的就是你吗
那个削发为僧的就是你吗
那个永远走不到边的
又站立多年的就是你吗
那个把自己砌在墙里又
把自己种在树里的就是你吗
飞鸟呢
香火呢
和尚呢
车夫、兵士、旅人呢
城墙和关口呢
那些供我们炊造供我们饮用
的酒和鱼肉呢
那些开花的栅栏呢
那些啜泣的故事呢
你在风沙里歌吟吗
你在落英里苍老吗
你枯瘦如柴又痛不欲生吗
你裹紧双足
又供人展览吗

对于白杨树的感悟

白杨树是一种光辉的植物
在生命的区域里被人们感悟
在村庄上　我们总能看到她的影子
高大　生动　甚至粗俗
她在河流的边缘永久性地散住
沙子与石砾　是她牢牢靠靠的基础
贴近土地　贴近生命的中心
才能尝到岁月所赐予的甘苦
没有一次风波
不是来源于狂呼
没有一次摇动
不是感召于亵渎
当硝烟和风云　犹如晴空破雾
当饥饿和灾荒　犹如洪害被逐
当故事的残骸　一节节枯如朽木
我感动于你的朴素
你正直完美的形象
在我几经翻筑的堤坝上
永久性地散住

白杨树　你在田园里散住
歌吟或者漫步　有阳光与你同舞
麦穗的深呼吸就是你的深呼吸
在五月的惠顾下　沐浴
沐浴　乃一种流泪的姿势

在马夫吆吆喝喝的鞭声里

拉满一车车谷物

在丰收的季节里

母亲曾经用痛苦送儿上路

一种成长　当被我们所感悟

我们就会感激土地所带给我们的幸福

我们就会认识白杨树

白杨树的恩泽

犹如丝丝甜甜的雨露

让我们知晓　她不单单是一种植物

芦笛

—— 致诗人艾青

手捧这一支芦笛　老人
你当年的眼泪
让我们难以释解
此刻　我们难以释解
雪落在中国土地上的声音
一个心地善良的人
所敲响的一扇一扇的窗门
甚至　我们还无法辨认
你曾经歌吟的那片土地
以及那片土地的颜色和成分
母亲　人民
曾经以手推车的形式　养育我们
以单独的轮子　穿过那些
冰雪凝冻的日子
那些河水缭绕的乡村

此刻　我们还不能真正理解
一个独自行走的老人
曾经带领羊群
在黄土地上开垦
吹响笛音的那种姿态
我们还不能够完全理解
大堰河的儿子
一位敦厚朴实的农民

他的歌吟和胸怀
在他身上所注入的那种
勤劳恩泽的血脉

面对这个世界
面对半个多世纪以来的沧桑
你教我们学会忍耐
学会以一种沉默来宽容别人
人民　都是大地的子民
都是五月平原上摇动的小麦
供我们吮吸
与我们息息生存
不能分开　这个年月
诗歌需要一种养分
需要一种仁慈的爱
仿佛一片没有足迹的森林

当孩子们想起一位慈详和蔼的老人
禁不住　总会泪水纷纷

古道

沿着昨日的车辙

辚辚而过的

只剩下一条干涸的河

鱼在今日雕塑成木刻

还有风尘

还有沼泽

在溯溯的沉吟里

让我们追寻什么

挥动的刀戈

抑或泣不成声的战歌吗

那些勇士的盔甲呢

那些斑驳的血迹和厮杀

的纹路呢

流走了吗

枯竭了吗

那些载有盐、载有布匹

载有绸缎和血汗的

马和踪迹呢

那些坎坎坷坷

的传说呢

难道一并埋葬了吗

还留下什么

石碑、朽木和启示吗

朝圣西安

走近了　日出日落
我朝思暮念的家园
挥之不尽
颂歌不绝啊　西安

卓然而立
华夏源脉　秦风唐韵
散发出的民风
重重地击碎我
击碎我诗歌中
那些最辉煌的成分
一代一代
大苦大难
养育了那些忠诚
的子民
没有奢望的子民
今天　在黄河以南
我站在厚厚的城墙上
远远地望你
连绵群山　十里河川
连着一片片村庄
风和日丽地摆着阳坡坡
摆着朴素的日子和悠扬的秦腔
正是这些平淡的以往
让我颂歌不绝啊
震撼我凝重的思想

无题

我几乎全不相信那些企图
以及任何人
任何语言的形象
在迷惑的手掌中
我以十二分的冷静
寻找一个方位
是为了告诫
那些倾斜的纹路
我不准备
在情感波动的时候
回避什么
意味着我不准备索取或是奉献

我只选择
一种轨迹
一种真实的自己
这样　我便飞翔
哪怕兀自体会一种荒凉
饮尽沧桑

我都不会隐瞒执着的欲望
不管你的旗帜如何飘扬
也许真的
我在行走的时候
只能留下影子
与早已枯萎的目光

海

海很遥远
近的是一片山
记忆中有一栋小屋
雨雾朦胧视线
温柔的是夜的眸子
闪光的是情的波澜
不变的是树的注目
暖热的是巢的依恋
唯独你很遥远
又冷面

路过陕北

陕北
你让我对你　说些什么呢
世界仿佛远了　此刻
只有我与黄河
只有沉默
让我成熟许多也陌生许多
面对这片泱泱之水
谁不知道
这就是我们祖先的骨骼
是覆盖泥土的血一样的花朵
从天边滚落下来
如我的泪水一样的诗歌
铺天盖地的生命欢乐

陕北
你让我对你　说些什么呢
捧起黄土
我感念这万物之体的生母
赐予我们丰收谷物
领袖与人民
就在这普通中国版图上的
土崖之腹
把民歌中祥和生长的万物
推向成熟……
面对陕北
让我怎能丢下这生死相依的母土

看不见海

海在远处看不见底色
幽蓝的光
我们沉沦
我们一无所措

水栅栏和鸟声的栖落里
冬日的雪片走远
我们沉落黄昏的枫叶
我们一无所措
默默的远山
默默地又一次走远
失声痛哭的告别里
我们一无所措
我们一无所措
水在今夜里流落
我们沉默

告诉

如果有人在数屋檐上的那些鸽子
如果你手中拿着鲜花
你不要停止走你的路

你要相信
紫红色的窗帘挡着的不是一扇窗户
你应该知道
你不属于自己
你属于鲜花外的那只钟摆
你应该清楚
鸽子之外的事情
还需要一些种子和面包
精神的养分
等待你的创造

诗人

都是诗人
都是一些眼泪和灵感的珍藏者
都是和平和友谊的幸存者
都在默默地倾尽些什么
血液和汗水
从来都不曾多
唯独收获
让我们饱尝饥饿

我们从来不乞求什么
从来就没有说过
人世的寂寞
人世的欢乐
我们知道
风会照旧吹绿那片原野
雨会照旧洗涮那些角落
我们只是在空旷的广场上唱歌
唱那些勇士和色彩
平淡的往事和缓缓流动的江河

我们从来就不知道
还有什么伟大
还有什么贫弱
我们只是静静地
静静地如一些种子
开花和坠落

飘香时节

这个时节
容易让我们想起天真的孩子
空阔无边的童年
我们爱这样一个季节
我们喜欢在这样香溢的树下
听老人干干巴巴的故事
与孩子羞羞答答地玩跑

在这样季节的树下
我们可以用黑布或纱巾
蒙上我们的眼睛
我们可以各自躲藏
在麦垛上
唱我们熟悉的歌
我们可以天真地睡下
听母亲呼唤我们的小名
等油菜花黄了又黄
我们可以收获
那些撒下的种子
一粒一粒的阳光

平常四季

我在这里种植点什么
诗歌或是眼泪
我读着这些朴素的故事
有草有鱼有开花的四季
我平常的生活鲜艳

有时
我与你一样绝望
一样地感到迷茫
我坐在那里
静静地被人欣赏
我感到
很寂寞很彷徨
平常的日子都黯然神伤
我知道
我奉献的岂止是一些食粮
我灵魂的血与肉
在这里默默闪光

桥

容易走过
不容易架起
投放一块石子
就轻盈地泛起涟漪
周围的树很多
岩石亦很多
风景和颜色如一些花朵

而我们走过
一些房子和山坡
去收获
绳子和镰刀的硕果
一句一语的沉默
我们必须走过
抛撒一些种子
留给时空和寂寞

雨淋落我的房屋

雨淋落我的房屋
灯下的思想
我的孩子早已在梦中芳香
今夜我想
把一整个世界的阳光
都采集在纸上
好让我的孩子
在明天醒来的路途上
微笑歌唱

如果我的努力
在甜馨的安慰中
树立起孩子母亲的形象
诗歌逐渐地辉煌
那么　我的手掌
将如一股涌泉
暖暖地流淌
孩子　你应该理解做父亲的含义
我今夜所有的奉献与鸣响
都盼望你好好地成长
你应该知道
门外有雨　风也猖狂
我寄予你的希望
寒冷异常
路，很长时间需要自己走

栅栏与鸟不会使你失望
你要相信你自己的存在
不是每扇窗子里都有阳光

会有人和你做伴
在黑色门庭的走廊
我缓缓的脚步声
是你最大的幸福与安详

草地

最后出现的是那块草地
鱼干死在裂缝的纹里

玻璃和阳光的碎片
水藻和浮游动物
纷扰着
饮啜着生命的乳浆
然后生长
生长
长长的齿
长长的指
长长的食欲
这就是一种辉煌
一种透明的色彩
一种纯粹的浪漫
我看到她笑
惨惨地笑
我看到她哭
哽咽地哭
我看到她失败
默默地失败

最后出现的是那块草地
鱼干死在裂缝的纹里

维纳斯女神

巴黎，卢浮宫
初夏，欧洲的六月，塞纳－马恩省河

泛舟湖上
我来自遥远的东方

浮光掠影
塞纳－马恩省河畔，打开的画夹

咖啡馆，欧洲的绅士
大师与维纳斯女神

一扇门，打开或者关闭
双面女神

缺少的是应该有的手臂
而且由岩石雕琢而成

我无法确切地知道眼前的景象
属于文明还是属于野蛮

而且很久以前就发生
我看到的是人类的无奈

文明和野蛮的孪生体

或远逝的背影

美或者丑陋
残断的躯体
两张永远无法相视的面孔

晚会

幕在黄昏拉开
烟火里的幸存者

繁星锦簇
孩子在丛林里
埋藏着笑脸

音乐是童年
万花筒的世界

我躲在门后
我听着来自纯真
春天雨水的荷塘

世界不会寂寞
在奏响的孩子的笑脸上
关于幸福的复活

诗歌的真诚
雨点，那个世界雨林的眼睛

永远都要相信
那个童年
车辙的痕迹

石榴的裙摆
舞蹈的热情

尽管我们不再年轻
世界却永远如初
带着孩提时代的笑脸

内心

我知道我的内心
真实的火热或是需要

这是我唯一的日夜追随的
价值取向
诗歌的养分
少年的轻狂或挥霍的时光

时光虚缈

当似水流年
孤独的街面
了无人迹

我诗歌的记忆
悄然开启

那是我诗歌的养分
名字，品性，完美
对于人生的追求

如同电闪雷鸣的大海
虚有一颗火热的内心

海的心事

今夜像一把竖琴
空气如此美好

天上的街道
打着灯笼的火炉

远处是遥远的海
海的灯市
热闹的人群

而你是孤独的火把
融入大地

353

不，你的眼神
仿佛装载海的心事

你是天边的一把竖琴
今夜在船头的风声

淡淡的茉莉花香的味道
母亲般的絮叨

你的帽沿遮挡着
海的味道，我视线的触角

近处是海的呼吸
内心泛起的波澜

我一定遵循着你的诺言
尽管我只是一个聆听者

但我容纳并乐意承载
你内心的心事
海的波澜

南
村
的
诗

我知道

我知道
我的头颅并不比别人高明

甚至
我的诗句并不呈现奇光异彩

一生中
我沿着地球曾经走过三圈

见过红透的果子
和坚硬的稀粥
文明和背叛的两面

我的追求，一定在日暮时分见出分晓
所以你不必沮丧

正如人生的慵懒
用失败很难见出分晓

黄昏和黎明
在正义的旗帜下有始有终

良心的温度
不会在共同的天平上坠落

尽管我没有惊人的语句
我的乡音难改

诗歌的魔力
一定会穿透无数个
惶惑的内心

一场舞会，一个舞台
在即将拉开序幕时
总是听到掌声或不经意的喝彩